大卫·阿尔蒙德作品集

COUNTING STARS

数星星

〔英〕大卫·阿尔蒙德 著　冷杉 译

人民文学出版社
PEOPLE'S LITERATURE PUBLISHING HOUSE

著作权合同登记号　图字 01-2017-1178 号

COUNTING STARS
Copyright © 2000 David Almond
This edition arranged with Felicity Bryan Associates Ltd.
through Andrew Nurnberg Associates International Limited
This translation of COUNTING STARS is published by Shanghai 99 Readers' Culture Co., Ltd.

图书在版编目(CIP)数据

数星星／(英)大卫·阿尔蒙德著；冷杉译. —
北京：人民文学出版社，2017
（大卫·阿尔蒙德作品集）
ISBN 978-7-02-012753-5

Ⅰ.①数… Ⅱ.①大… ②冷… Ⅲ.①短篇小说-小
说集-英国-现代 Ⅳ.①I561.45

中国版本图书馆 CIP 数据核字(2017)第 101358 号

责任编辑　朱卫净　尚　飞　汤　淼
装帧设计　汪佳诗

出版发行　人民文学出版社
社　　址　北京市朝内大街 166 号
邮政编码　100705
网　　址　http://www.rw-cn.com

印　　刷　山东德州新华印务有限责任公司
经　　销　全国新华书店等

字　　数　124 千字
开　　本　890 毫米×1240 毫米　1/32
印　　张　6
版　　次　2018 年 1 月北京第 1 版
印　　次　2019 年 7 月第 2 次印刷

书　　号　978-7-02-012753-5
定　　价　35.00 元

如有印装质量问题，请与本社图书销售中心调换。电话：010－65233595

目 录

世界的中心	1
数星星	12
巡勘教区边界	22
小胎儿	38
奇尔赛德路上的那个天使	53
时空穿梭机	55
芭芭拉的照片	73
约拿达	75
微妙的身体	89
在广告牌后面	103
小鸡们	112
火枪手	121
我母亲的照片	130
鲁莎·费因	133

厨房 *151*

杰克·洛 *160*

水牛、骆驼、美洲驼、斑马、驴 *170*

这儿是你长翅膀的地方 *177*

世界的中心

她从宇宙讲起。接着她依次写下银河系、太阳系、地球、欧洲、英国、费灵、我们的家、厨房、那张百孔千疮像满天繁星的白椅子，然后是她的名字，玛格丽特，她停下了。

"什么东西在我体内的中心？"她问。

"你的心脏。"玛丽回答。

她便写下"我的心脏"。

"那什么在心脏的中央呢？"

"你的灵魂呀。"凯瑟琳回答。

她便写下"我的灵魂"。

然后，妈妈伸手撩起玛格丽特穿的T恤衫的前襟下摆，戳了戳她的肚脐眼儿。

"这里才是你的中心，"她说，"在这里面，你曾是我的一部分。"

玛格丽特画了一串儿数字，接着画了几个同心圆，从小的画到大的。

"那么世界真正的中心在哪儿呢？"她问。

"过去一般认为是在地中海，"凯瑟琳说，"其中'地'指的是地球，'中'指的是中央。地中海就是'位于地球中央的海'。"

玛格丽特画了一片蓝色的海，还有一片绿色的陆地围绕着它。

"过去还有一片海洋在地球的边缘,"凯瑟琳说,"它充满了怪兽,并且直通世界的尽头。假如你一直走到那么远的话,你就会掉下去啦。"

玛格丽特画出这片海,还画满利爪獠牙怪鳍什么的,代表怪兽。

"没有尽头。哪有什么尽头,对吧?"她问。

"是没有尽头。"凯瑟琳说。

"那也就没有中心啦,对吧?"

凯瑟琳大笑。

"说的也是呀。"

妈妈又捅了捅玛格丽特的肚脐眼儿。

"这儿是世界的中心。"她说。

当天偏晚的时候,我们去了墓地。柯林骑着他的黄蜂牌小型摩托车从瑞罗尔赶回家来吃午饭。他囫囵吞下几口饭后,又"嘟嘟嘟"地开走了。我们眼瞅着那两个小轮子载着他经过广场,朝费灵河滩开去。

等他消失后,玛丽说:"今天我们去墓地吗?"

我们有好几个月没去那儿了。我们认为死者在天上,而不是在地下。

"好主意,"妈妈说,"我来做点苏格兰巴拉水果蛋糕,等你们回来吃。"

我们在马路尽头踏上了遍地石头的小路,这时丹迪追了上来。

这是条从不剪毛的小黑狮子狗,而且喘气声很粗重。

"回家去!"玛丽说,"丹迪,回家去!"

它狂吠,哀号,嘤嘤低吟。

"丹迪,回家去!"

没用。我们只好让它跟在身边。

玛格丽特一边走,一边抚弄自己的肚脐。

"我之初,"她说,"长什么样?"

"你认为你长什么样呢?"玛丽说,"像大猩猩吗?其实你那时很小很小很小。你只有一点点,小到甚至都看不到你。你是那么小,甚至没人知道世上还有个你!"

"小傻狗!"见到丹迪可劲儿地撒欢儿,在毛地黄丛里疯跑,朝着蜜蜂群猛扑,凯瑟琳喝道。

过了一会儿,我们看见姨妈简和姨妈莫娜走在我们前面。她们裹着头巾,胳膊上挎着购物篮。

"我打赌你认不出她俩谁是谁。"玛丽说。

"就连她俩跟我说话时,我都分不清谁是谁。"玛格丽特说。

两位姨妈正快步走向"新月森林溪谷"超市。

"没人知道她们在那儿的时候,她们看上去还是这样吗?"玛格丽特说。

"当然还是这样啦!"玛丽说,"每个人看起来都是原样,即使你看不见他们的时候。"

两个姨妈冲我们挥手、微笑,我们也全都冲她们挥手,丹迪也冲她们汪汪叫。然后她们接着快步向下,走进新月森林溪谷。

我们一边走,玛丽一边从路边采摘雏菊。

她说:"爸爸说过,雏菊是花中之花,是花王。这句话我记得很清楚。"

"当然啦,"凯瑟琳说,"当然记得很清楚。他把雏菊称为'白天之眼',白天睁眼醒来,夜里合眼睡觉。"

我们接着走,忽见傻彼得裹着大衣,躺在路边的一棵树下面。

"那不是他!"凯瑟琳说,"咱们决不会远离他的!"

我们在水磨街的一张长椅上坐下。

"还有多远?"玛格丽特问。

"你知道还有多远。"玛丽说。

"在费灵去哪儿都不远。"凯瑟琳说。

我们注视着傻彼得。

"走吧,"凯瑟琳说,"快走吧。"

"费灵很小吗?"玛格丽特问。

玛丽跺着双脚。

"对呀。"凯瑟琳说。

"是世界上最小的地方吗?"

"难道今天是'傻问日'吗?"玛丽说。

"没错!"玛格丽特回答。

"费灵很小,"凯瑟琳说,"不过,还有更小的地方。"

"哪儿?"

"沙漠里有些地方,"玛丽说,"热带丛林里的茅屋村。喜马拉雅山脉的小村庄。"

"没错,"凯瑟琳说,"还有像海伯恩或者希顿·斯刘易斯这样巴掌大的地方。"

"希顿·斯刘易斯不算,"玛丽说,"因为它有一大片海滩,肯定比费灵大。另外海伯恩新建了一个大购物中心。"

凯瑟琳叹了口气。

"那还有温迪努克呢。"她说。

"这不公平,"玛丽说,"温迪努克是另一个地方的一部分。"

"什么地方?说个大伙儿都知道的地儿。"

"比尔基。"玛丽说。

谁都不说什么了,虽然心里都明白,比尔基也是另外一个地方的一部分。

"谢天谢地,"凯瑟琳说,"还有个比尔基。"

傻彼得没有挪窝。最后我们决定朝他走过去。越来越近了,丹迪狂吠起来。

"丹迪,别叫!"凯瑟琳说。

傻彼得咧嘴笑了,用手揉着两眼。

"以为我在做梦吧?"他说,"其实我一直醒着呢。"

他欠起身来靠着树。

"假设我知道怎样把游鱼变成飞禽,你们会怎么说?"

"理都不理。"凯瑟琳小声说。

"看来分量还不够,"彼得说,"可是如果我说,我能给你们几个姐妹表演绕着这棵树飞呢?"

"我敢说你没这本事!"玛丽说。

"啊哈!"彼得说,"那就让我瞅瞅这个袋儿里有什么宝贝吧。"

他翻起一个棕色的手提厚纸袋来,从里面掏出一个三明治,其实就是两片发干的面包片,中间夹着又红又黑的什么东西,那东西从夹缝里龇出来了。见我们走近了,他把它朝玛丽伸过来。

"咬一口吧,"他说,"咬一口瞧瞧。"

丹迪汪汪叫着朝他扑过去,傻彼得连打带踢,三明治脱手飞出,掉在路上。

"你这条烂狗!"他大叫,"瞧你把我的午餐全毁了!"

我们赶紧走过。

"如果我把一条癞皮狗变成美味狗肉派,你们会作何感想?"彼得叫道。

"我会说它上面全是毛,让它噎死你!"玛丽说。

我们到达墓地的钢铁大门前。只见里面蔫花败草的破烂花圈堆积成片,苍蝇、黄蜂嗡嗡盘旋,爬得哪儿都是。我们使劲拉住丹迪,不让它乱扑。我们一致决定,朴素的雏菊是最理想的花朵。我们排成一队走进墓碑之间的那条狭窄路径。我们嗫嚅着那些熟悉的和陌生的名字。在墓园的那一头,带尖刺的围墙外面,紧挨着的就是交通繁忙的支路。

我们来到我们的墓碑前站住,墓碑上刻着:芭芭拉,亲爱的姐姐,1959 年;詹姆斯,亲爱的父亲,1966 年;他们再也不会死了,因为他们已经等同于天使。剩余的空间里还有其他名字。玛丽把雏菊摆放在墓石上,我们垂下头低声祈祷。我们说着妈妈和柯林本来会说的祷告词。我设想着这两具棺材和尸体挤在一起,他们的骨灰掺和在一起。我想象着新棺材被添加到这里，新的姓名被镌刻，新的骨灰被混合。没有足够的空间容纳我们所有人，没有足够的地盘儿接纳我们所有人的姓名。

"她长什么样？"玛丽一如既往，这样问道。

"她长得很可爱，"凯瑟琳说，也是一如既往，"她长得和咱们大伙儿都有点像。"

"我爱她，"玛格丽特说，"可是我甚至没有见过她。"

"可是你记得爸爸，"凯瑟琳说，"你们俩都能见到爸爸。"

"对呀。"她俩说。

我们擦干眼泪，缓缓地行走在墓群中。墓穴之间的空地没有人踩过，小径越来越窄。

"他们把每一个死人放在哪儿呢？"玛丽问。

没人知道。

"也许他们返回到初始了吧。"凯瑟琳说，我们把目光越过眼前一排排整齐的墓穴，朝四分之一英里以外的圣玛丽教堂眺望，那里树茂林密，分布着一些倾斜、残旧的墓石。

"那里一定曾经非常迷人，"玛丽说，"小小的教堂，小小的墓园，那么安静，一点也不嘈杂。"

我们掉头朝大门走去，玛格丽特说：

"这儿的人全都像爸爸和芭芭拉那样在天堂里吗？"

"好多好多人都在天堂。"凯瑟琳说。

"那天堂一定特别大。"玛格丽特说。

"一定大得出奇。"玛丽说。

我们穿过那些颓花败草的花圈。傻彼得在外面等着，靠着墓地的围墙，痛饮着一个黑瓶子里的饮料。

我们躲着他，穿过马路。

"喝点这个吧，"他嚷道，"准叫你们嗨翻天！"

我们转弯走向大路时，听见身后他拖沓的脚步声。丹迪时不时停下，扭身，回头狂吠。玛格丽特一直紧张地抠着自己的肚脐眼儿。

"瞧这儿！"彼得嚷道，"要是我说，我知道通向地狱的入口在哪儿，你们会怎么说？"

"我会说你是傻帽彼得。"玛丽悄声说。

"你说什么？"彼得喊道，"你会怎么说？呃？呃？"

凯瑟琳叹了口气。她转过身来，丹迪站在她的旁边狂吠。

"我会说你有病，脑子进水了，你应该多想想通往天堂之路，而不是地狱。快滚开！"

彼得拿着瓶子咕咕痛饮。

"啊哈！"他大笑，"哈哈哈哈哈！假使我说：如果你们去费灵广场，到喷泉那儿，往人行道上的裂缝里面瞧的话，你们很快就会感到有热气往外冒，还能闻到硫黄的气味，并且看到地狱之火，魑魅魍魉亲自迎候你们的到来——如果我告诉你们这些话，你们会怎么说？"

丹迪一个劲儿地狂吠。

"无可奉告，我看得出来。"彼得说。

我们只管走路。

"你们全都哑巴了吗？"彼得说。

"你们的狗毁了我的午餐！"他尖叫。

玛格丽特嗤嗤笑起来。

"啊哈！"彼得尖声笑，"假如我说那座山顶的形状真像一个小姑娘的肚脐眼儿，你们会怎么说？"

玛格丽特猛地解开T恤衫的纽扣。

"丹迪，咬他！"玛丽说，丹迪又朝着彼得猛扑过去。彼得连踢带打，狼狈不堪，他的饮料从瓶口溅洒出来，泼在地上。完了，丹迪自豪地昂首回到我们身边。

"总算给了他点教训。"玛丽说。

"这条癞皮狗毁了我的午餐不说，还糟蹋了我的饮料！"彼得怒喊道。

我们咯咯笑着，叹着气。

只见莫娜姨妈提着购物袋正从"新月森林溪谷"超市里走出来。

"刚在里头买了点面包做下午茶用，"她说，"你们几个全都好吗？"

她看见了彼得。

"这个傻帽，"她说，"他一直在纠缠你们吗？"

"那条破狗糟蹋了我的午饭！"彼得叫道。

莫娜姨妈咯咯笑了。

"是这样吗？"她问。

"怎么不是？！"彼得说，"假如我说那条破狗毁了我的午饭，你们会怎么说?"

莫娜姨妈掏出她的钱包,拿出几枚钢镚儿递给他。

彼得怯怯地朝她挪过来脚步,拿走那几枚钢镚儿。

"好啦,"她说,"快去迈尔斯连锁店买块饼吃吧。别再纠缠人家了。"

彼得紧抿着嘴唇,吊儿郎当地朝费灵广场走去。

"可怜的傻小子。"莫娜姨妈说。

"啊哈!"彼得在远处喊道,"要是我说最好的饼只能在迪克曼连锁买到,你们会怎么说?"

莫娜姨妈哈哈笑起来,说她得走了。他们很快就要回家喝下午茶了。她匆忙走掉了。

"她到底是哪个姨妈?"玛格丽特问。

"是简姨妈。"玛丽说。

"不对,"凯瑟琳说,"她是莫娜姨妈。"

在石块遍布的小径旁,丹迪又追逐起蜜蜂来。

"如果傻彼得知道那些东西的话,你会怎么说?"玛格丽特问。

"我会说那是'傻子提问日'。"玛丽回答。

我们回首,目光越过一大片房屋,朝墓地眺望。

凯瑟琳说:"也许天堂用不着那么大。他们在学校说过,不久活着人的总数就会超过所有活过的人的总数。"

我们正琢磨着这句话,就见到丹迪穿过遍地的毛地黄,朝着什么东西狂奔而去。

"想想他们现在正在那里团聚,就挺欣慰的,对不对?"玛丽说。

"没错。"我们说。

丹迪一溜小跑进家门，消失不见了。我们在家门口闻到了烘烤苏格兰巴拉水果蛋糕的香味。

"你们替我祷告了吗？"妈妈问。

"对呀。"我们说。

"我还在坟头上摆了好多雏菊呢。"玛丽说。

"他们会喜欢的。"

妈妈从炉中取出苏格兰巴拉水果蛋糕，放在一个金属丝网的台架上冷却。我和凯瑟琳坐在房背后的台阶上，仰望着浩渺的天空。玛格丽特坐在那张千疮百孔像星空的白椅子上画画儿，画她自己、凯瑟琳和玛丽围绕着费灵的树林子飞翔。玛丽给妈妈讲了丹迪、傻彼得、莫娜姨妈和简姨妈的故事。我们听见柯林的小轮摩托车"嘟噜嘟噜"地开上费灵河岸，然后又拐进了街道。他猛踩油门开进花园，停好，脱掉他的派克外套和头盔，走进房间。然后我们全家人都坐在明亮的厨房里的那张小餐桌旁。我们吃着大片大片热烘烘的面包，赞叹着无籽葡萄干的香甜，用舌头接住融化并垂落下来的黄油，舒适、温馨地蜷缩在这世界的中心。

数星星

每年，奥马霍尼神父都给我们讲星星的事儿。这不，在年底，在我们中的老大就要离开圣约翰学校去圣约瑟夫学校的时候，他又给我们讲开了。他每次讲的都是老一套。他穿着那身黑袍，站在学校的礼堂前，那条白色的脖领围住他的喉咙，振振有辞地讲开了他的布道、祷文、贺词、训诫、警示。当他宣讲知识的时候，他张牙舞爪，并且怒视着台下前排那些离开的人。

"你们将遇到那些告诉你们一切皆可知的人，"他说，"那些人会洞察夜空，对你们说他们能数得清天上的星星。遇上这样的人，请你们扭头就走。佯称知道只有上帝才能知道的知识，这样的人是在亵渎上帝。"

有一年，我们当中的一分子，要么是故意捣蛋，要么是想实践问答式的教学，就壮着胆子举手提问：

"神父，在我数星星这个行为成为罪之前，允许我数多少颗星星呢？"

神父沉默了一会儿后，说：

"我的孩子，只要超过一百颗，罪孽就开始深重，你的灵魂就开始阴暗，你就命悬一线啦。"

他停下来，沉吟自己的回答片刻。

"是的，"他嘟哝道，"超过一百颗，你就差不多了。"

· 数星星 ·

从此以后,这条精确而地方色彩浓重的训诫便口口相传一再重复,俨然成为我们的共识。

在那些星光闪耀的秋夜,我用拇指和食指围成一个圆圈,目光透过这个圆圈去窥探这个小小空间里的群星。我把这个小圆圈和它周围的浩瀚星空相比较,就明白了黑夜给亵神和死亡留下了多么巨大的潜力和多么广阔的空间。我和我的朋友都手心痒痒地想尝试这个空间。当夜幕降临,足球也没法踢下去之后,我们就匍匐在寒气袭人的草地上面,我们呼出的气息丝丝缕缕地升起,在我们的手和腿裸露的皮肤上方形成袅袅升腾的蒸汽。

九十颗,一个小伙伴数道,手指天空,然后下一个小伙伴接着数下去。九十一颗……九十二颗……九十三颗……我们用咯咯讪笑和骂脏话来掩饰心里的恐惧,其实怕得要死,吓得直哆嗦,等着我们中间最大胆儿的那个开始数九十九颗之后的那些夺命的数字。

等我渐渐长大,尤其是在我自己也离开了圣约翰学校之后,我很快就看穿了这套鬼把戏:整个儿就是一个爱尔兰神父老头儿企图压制、扼杀教育可能植入我们心灵的解放意识和探索精神,让我们在他面前俯首帖耳,对他那个老掉牙的宗教保持诚惶诚恐。在我的新学校里,我一个猛子扎入了数字与计算的魅惑海洋中,快乐畅游起来。我学到了这个知识:地球存在于银河系的某个犄角旮旯儿里,银河系存在于宇宙的某个犄角旮旯儿里,宇宙存在于宇宙的宇宙的宇宙的宇宙的宇宙……的某个犄角旮旯儿里,它只是宇宙沧海中的一滴水而已。我还了解了所有数字的潜在无穷性。我了解了最靠近我们的那些星星的大致数量,以及它们之间的距离。我从摆在我房间窗前的望远镜里窥望繁星,它们密密麻麻,由近及远;我数着它们,全然不顾它们的不可数性。

"一百万,"我嘟哝着,"两百万……"

有时候,我哥哥柯林会从距离我的床三尺开外的他的床上小声抱怨。

"你到底在搞什么鬼名堂?"

"没什么。就是数数。三百万,四百万……"

这下可惹恼了他。好几年前他就已经告别了小屁孩儿的天真,而我却还每每享受着反叛、越界的刺激。在这个小房间里,我的嗓音平稳而坚定。现在我搞明白了,使我们的理解力受到囚禁的,不是上帝的愤怒,而是我们自己小小大脑的局限性。

我十四岁那年,轮到我最大的妹妹凯瑟琳离开圣约翰学校了。在她离校前的最后那天,我确信我是在花园的门口迎到的她。

"奥马霍尼又在那儿喋喋不休地谈星星啦?"我说。

"是奥马霍尼神父。"她说。

我对那个词嗤之以鼻。

"什么神父!甭管是什么,别信他说的。我敢打赌,关于数星星的事,他警告过你。"

她耸耸肩膀。

"全是胡诌。今天晚上我就数给你看。"

·数星星·

当天晚上,我等着漫长的夏季黄昏结束,盼着真正的夜幕降临。我蹑手蹑脚地走进她的房间,走过玛丽和玛格丽特的床。我叫醒她,然后我俩跪在她的床上,身体前倾依在窗棂边,脸几乎贴在窗玻璃上。我们能听见隔壁爸妈睡觉的轻微鼾声。我从天际最低的角落数起,手指头向下,低至我们房子的房顶,然后逐渐抬升到圣帕特里克教堂的尖塔上方。我的手指头对我们这个小镇上空的星星指指点点,有意漏掉更远的夜空那个巨大的星团。随着我数的数目不断攀升,她开始打起哆嗦来。

"别数啦。"她小声说。

她想撤,我一把抓住她,不让她开溜。我一边坏笑着,一边数得更快,叽里咕噜地让数字变成含混一团。

"一百,"我终于数到了这个数字,"一百零一,一百零二,一百零三。喏,看见什么啦?"

我看见星星映现在她的眼眸里,它们在她的泪花里闪耀着奇异的光。这时我们听到玛丽和玛格丽特骚动的声音,我扭过身去,摸了摸两个小姑娘的头。

"没什么事儿,"我小声说,"接着睡你们的。"

我也摸了摸凯瑟琳的头。

"你也没事儿吧?"我问她。

她没有回答。

我对她说,你现在还太年轻,不过总有一天你会明白的。

我又蹑手蹑脚回到我的房间。

我躺下,眼望窗外,凝视夜空。我诅咒自己。

"原谅我吧。"我冲着静夜说,然后沉沉入梦,沉入我唯理主义的梦。

不久后,我们的爸爸生病了。他卧床不起,不再上班。他先是腹股沟出了毛病,然后波及到背部和胸部。夜里我们常听到他虚弱地喊痛。我们把他送去医院,在那儿他的病情加速恶化。他躺在雪白的病床上,面色苍白,惊恐地瞪着我们和我们的妈妈。他舔着自己干裂的嘴唇。他的声音减弱到近似耳语:我这到底是怎么了?

他们把他切开,看看里面出了什么毛病,然后很快再把他缝上。他们给他摘掉一叶肺后再送还给我们。他对我们说,最坏的情况已经过去。爸妈的床被抬到楼下的前起居室里。现在整座房子里充满了他呼吸的粗喘声,还有妈妈不知如何是好的小声安慰。

"出什么事了?"我们问妈妈。

她摇着头,是术后感染。这可不是我们所期待的。不过不要紧,他会慢慢好起来的。

"以前的情况怎么样?"我们问。

妈妈又摇头。没什么,一个秘密。说着她把目光移开。

晚上的时候,他会穿着睡衣坐在我们中间。他经常要我用药膏涂抹搓揉他的背。于是房间里充满喷雾剂或者按摩膏的气味,我用手指反复揉捏他的肋骨和脊椎,每一次都感觉他的皮肉被我揉得更贴近骨骼一点,可是疼痛的根源却越来越难以捉摸。

他疼得叫喊,肌肉紧缩,然后心怀感激地吁气。

"感觉好些了,儿子,"他有气无力地说,"再揉揉。"

当这一切都无效时,爸爸再也忍受不了,妈妈就派柯林或者我跑步去栗色马酒馆买白兰地酒,然后我们就有了那些晚间的欢乐时刻:通过喝酒镇了痛的爸爸会醉醺醺地来到我们中间,给我们讲述他身体倍儿棒的往事。我们会逢迎他这些安慰人的杜撰、虚构,唯唯诺诺,连连称是。我们把他围成一圈坐着,避开妈妈的目光,不去想这个显然很不乐观的现状,尽管表面上她笑得很灿烂。

这一年过得越来越暗淡。整个秋季都不断地把玛丽和玛格丽特往爷爷奶奶那儿送。医生和神父成了我们家的常客。奥马霍尼神父经常会把他那大手放在我的头顶上。

"你得非常努力地祈祷。"他会对我说这个。对此我会回答说"好的,神父",一边目送他迈出家门,步入暗夜。

圣诞节即将来临,天气不好,整天下冻雨(雨夹雪),大片的乌云笼罩着一切。玛丽和玛格丽特到处留下字条,甚至塞到煤气取暖器后面,请求圣诞老人送这个那个礼物,还祈求主让爸爸早日康复。她们还给他准备了一张圣诞卡:深蓝的夜空繁星闪烁,唯独一大颗星星最耀眼,那是神圣家族赐的恩典。她俩是家里最年幼无知的成员,只知道仰望夜空,哀叹天上为什么阴云密布。

"他怎样才能穿过乌云呢?"她们问,"他怎样才能找到通向我们家的路呢?"

爸妈要求我们所有孩子都去爷爷奶奶家过圣诞节。当时我们围坐在爸爸的床边,吃着巧克力,吸吮着他的雪利酒,从长袜子里往外掏礼物,之后爸爸和妈妈轮流把我们亲了个遍,送我们走出家门。

　　柯林把我们排成一队,整整齐齐地走过安静的街道,踏上那条通往爷爷奶奶家的短路。"爸妈需要在这个特殊的日子里待在一起,"我们一边跟着他走,一边听他解释,"他们需要一个休息日,好让爸爸慢慢好起来。"我们男孩儿欣赏着女孩儿们的新鞋,鞋上的商标亮闪闪的,特别漂亮。我们听到从远处的收音机里传来很多圣诞歌曲。还能闻到飘来的圣诞大餐的饭菜香,看到窗户里面家家欢聚过圣诞的情景。凯瑟琳指给我们看天上美丽的长条云,银白发亮;即使是大白天,挨着太阳的月亮也在发光。我们走进爷爷奶奶的房子,迎面扑来欢喜的拥吻,和一堆装满礼物的枕头套。

　　当天日落时分,我们返家往回走,雾凇亮晶晶的,像星光似的在人行道上辉映。回到家后,爸爸在睡觉,妈妈坐在床边的扶手椅里打盹儿。他的枕边放着一个病人专用的不锈钢碗。他的脸色蜡黄,面容憔悴,睡衣松松垮垮地套在他骨瘦如柴的身上。当妈妈小声说起她和爸爸在一起的这一天时,爸爸醒来了一会儿:他这一天过得如何开心,饭菜如何对他的胃口,他如何盼着我们回家……他睡眼迷蒙地凝视着我们,然后触了触妈妈的胳膊,对我们说:"你们知道吗,你们面对的是一位上帝挑选的天使。"

　　圣诞节的次日,快天黑的时候,玛丽和玛格丽特又被打发走了,医生和奥马霍尼神父被请来了,后者的黑袍显得前所未有的黑,他的肩上搭着一条镶黑边儿的圣带,衣袋里装着白色的圣饼,眼神里透着阴郁。我们听到从前起居室里，传来持续不断的拉丁文低吟，我们还闻到临终涂油礼的气味。

神父离开时，用大手掌又握了一下我的脑袋，但什么都没说，我仰脸用渴望的眼神看着他，寻求他身上的力量和慰藉。

之后就只剩下爸爸的喘息，他的呻吟，还有妈妈不变的安慰。

是凯瑟琳听到爸爸去世的。她的卧室正好在他头上方，我当时在房子的别处待着，脑子里回响着祈祷和吁请，向主耶稣，向圣父圣母，向所有使徒、圣人，向一切可能让父亲康复如初的事物祷告。母亲多年后告诉我说，她在楼下听着他喘息渐弱，气如游丝，最后归于沉寂，一切安静下来，她知道一切都结束了。

他们的床被搬走了，父亲的灵柩被搬进来了，他整日躺在里面，我却不能走进去与他会合。家里来了一大堆客人：我们的众多亲戚，圣母军人士，圣鸽骑士团成员，妇女联盟代表。奥马霍尼神父忙进忙出。圣文森特·德·保罗兄弟会的成员们先是聚集在花园里，然后从黑暗中一拥而进，家里顿时响起他们唱《玫瑰经》的嘹亮歌声，整座房子都好像在颤栗。整整一星期，妈妈都基本上只是坐着，面色苍白，仪态优雅，出奇得平静。嗣后，爸爸的灵柩移出，我和柯林身穿白袍出席了葬礼，我们全都跟着他的灵柩往地上撩洒圣水，同时还吟唱祷词。在墓园，我们一把把地往他身上撒土，还把烧香的烟气往他身上撩赶。之后，在挤得满满的家里，宾客一再向我们说着温柔亲切的话语，安慰着我们。爸爸现在安息了。他会在天上慈爱地俯视着我们。总有一天，我们全家会去那里与他团圆。两个姑姑，也就是爸爸的一对黑发双胞胎妹妹，会来照顾我们的生活。玛丽和玛格丽特这两个小姑娘，穿着她们的新裙衣和光鲜的新鞋，紧依在妈妈的身体两边。大家都泪水涟涟；当姑姑和叔叔谈起他的童年时，我们也会破涕为笑。不久夜幕降临，宾客开始一个接一个、一拨儿接一拨儿地告辞而归。

我正在上后楼梯的时候，奥马霍尼神父不知从哪儿冒了出来。这时星星已经开始在我们这个镇子上空层出不穷。我感到他的大手搁在我的肩上。

"有时候似乎没有了光明，"他嘀咕道，"生活好像没有了意义。"

他挤了挤我的肩头。

"我的儿子，你要非常虔诚地祈祷。"

说完他也走了，这时柯林从我身旁走过，走向草坪黑幽幽的深处。我跟着他出去，站在他旁边。不久凯瑟琳也走出家门，站在我们身后。屋里的灯光映照我们的脸庞。我们像似水的银月，俯瞰这片小小的地方：房子里，妈妈和她最小的两个女儿隐约可见，双胞胎妹妹端着餐盘从窗前走过；此外还有我们这个小镇的连片屋顶、家家灯火，圣帕特里克教堂的尖塔；还能看见远处那座大城市的朦胧灯火，以及我们头顶上的夜空。

"爸爸为什么会死？"凯瑟琳问。

没人回答，沉默，寂静，万物皆空。

不可遏止地，世界轰然坍成荒野。

冰霜在我们的衣服和头发上开出晶莹的小花。

· 数星星 ·

  我在学校里了解到,当天夜里要下流星雨。于是我们几个紧挨在一起,翘首以盼,直到第一颗流星出现,划破夜空朝下遁去。我们喘着粗气,指指点点,小声数着,"雨"越下越大,我们数不过来了,眼瞅着繁星如瀑,泻下似乎紧缩的夜空。

巡勘教区边界

在从教堂朝石南山去的路上，我们听到了小号声。今天是耶稣升天节。我们啃着饼干就当早饭了，我还有一听罐头，煮得硬邦邦的鸡蛋，外加一些面包黄油。凯瑟琳负责背水，柯林负责背罐儿、茶叶、牛奶、杯子、火柴什么的。

玛格丽特叫我们停下来，聆听从费灵河岸那边传来的声音。这声音来自东边，从斯普林维尔道路那边传来，听起来吱吱咯咯，单调枯燥，倔强不息。一同传来的，还有被压抑的钟声和儿童的尖叫声。

"那是什么声？"她问。

"就是一帮小孩儿，"柯林说，"没事儿。接着走，别停下。"

我们耸耸肩，继续走路。那些声音也持续不停。

"我们怎么知道是不是星期四？"玛丽问。

大家都看着她。

"神父说，那是个和今天一样的日子，而那天就是星期四。可我们怎么知道这个呢？"

"全在《圣经》里写着呢，"凯瑟琳说，"那是个星期四，发生在橄榄山上。耶稣在众天使的关照下升天。那些处在地狱边缘的无辜灵魂也陪在他身边一同进入天堂。"

"天哪！"柯林说。

"如果我们值得的话,也可以跟随他们进入天堂。"凯瑟琳说。

玛丽仔细琢磨了一下这句话,然后咯咯笑起来。

"明托夫人!"她说,"明托夫人!"我们也想起来了,跟着她一起大笑:那个走火入魔的女人,在举行圣餐仪式期间走向圣坛;她因狂喜或痛苦而呻吟不断;在通向圣坛的台阶上她匍身膜拜的那种作态;奥马霍尼神父一面捅她的外衣、小声规劝她赶紧起身,一面气得脸色由红变紫;待他把她劝回到她的座位上时,她那顶旧帽子已被汗水湿透,她的神色还是那么狂迷。她抽泣得那么深切,她祷告得那么急促而含混,圣母军的莫琳·麦克纳尔迪太太坐在她旁边一个劲儿地安慰她。

"她没准儿看见了什么奇景。"玛格丽特说。

"或者是深受圣灵之类的感染。"凯瑟琳说。

"就像画儿中的使徒那样,"玛丽说,"鸽子和那些火舌。"

柯林咯得儿咯得儿地打起了舌响。

"那是圣灵降临节的事,"他说,"现在还没到呢。赶紧走吧,别老磨蹭啦。"

我们爬坡越梁,走街串巷,路过风脊上的那些小块田地,上到高坡上那片玩耍的平地。玛格丽特说她走累了,她可等不及啦,要马上吃点鸡蛋和面包。其他人也都饿了:从昨天起,除了圣餐和饼干外,还什么都没吃呢。

"离那儿还有多远?"她问。

"不远了,"凯瑟琳拽起她的手说,"别担心,很快就到了。"

阳光明媚,云淡天高,微风和煦,炊烟袅袅。野草飘香,云雀高歌，犬吠鸡鸣，号声嘹亮，愈加嘹亮。

石南山到了，我们沿着一条崎岖山路攀援而上，穿过丛丛石南花和金雀花，途经许多天然洞穴和孩子们挖的坑洞。我们边走边拾柴，准备生火造饭。我从一株枯萎的山楂树上折下一些干枝，在大腿上把它们撅断。在接近山顶的地方，有几个黏土质的水塘，我们选中了其中一个水塘边儿上的草岸扎营。从这里向西眺望，可以看见达翰姆郡的群山；往东远眺，可以看到北海。费灵镇在我们脚下铺陈，缓坡而下；农田，原野，成片的屋顶，教堂的尖塔，那条蜿蜒的黑水河……历历在目。离我们最近的是医院的房顶和它高高的烟囱。费灵过去，便是那座城市，往北占据了一大片土地。

这里有许多石块垒起来的圆环，是人们以前在这儿生火留下来的，我们选了一处生火做饭，把盛满水的壶支起在火焰上面，在石头上敲碎蛋壳。我们满面笑容，边吃边赞叹。

"人们过去老在这儿生火，"柯林说，"烽火什么的，那会儿是灾难、战乱的年代，也是凯旋、庆功的年代。在这里生火，方圆几十里地都能瞧见。"

这时候杂声传来，有大人的笑声，有儿童说笑打闹的尖叫，有吹小号的声音，有摇铃的声音。不久，一群人的行列出现了，蜿蜒行进在山道上。前面领头的有镇官儿道布斯先生，身着西装领带、徽章表链什么的；有卡尔神父，着一身粗花呢教袍；有法奥勒小姐，法拉谷地初等学校的校长；有福克斯警官；有（基督教）救世军的吉布森上校。接着是一群散乱的大人和孩子，后面跟着汪汪乱叫的家犬。吹小号的是个胖小子，一身短裤短袖，一边吹一边还摇头晃脑扭屁股。摇铃的是个小姑娘,在身侧握着铃铛害羞地摇着。

玛丽高兴得尖叫起来,手指着那些人,数着她认识的那些人的名字。

道布斯先生一手攥着地图,一手握着根长手杖。走了一小段后他叫队伍停了下来,一边高举地图挥舞一边用手杖敲着地面。

"这里就是地界!"他高叫,"这里就是分界线!"

男孩儿们都从队伍中钻出来朝他跑去。他挑了一个,假装用手杖狠狠打那男孩儿的屁股,就像刚才敲地面那样。

"这里就是地界!"他又高叫,"这里就是分界线!"

那男孩儿拖长声尖叫,众人哈哈大笑。吹小号的男孩儿吹得更起劲,摇铃铛的女孩儿摇得更害羞。队伍继续向前走。

道布斯先生看见了我们,朝我们挥手。他朝教区神父说了点什么,然后费劲地穿过欧洲蕨矮丛朝我们走来。他那张胖脸红光满面,他的金表链在阳光下闪闪发光。

"瞧瞧谁来啦!"他高声说着,急匆匆走过水塘,"我说呢!"

他弯着腰,喘不上气来还咯咯直乐。他举着地图,用手杖敲打着地上的草窝。

"知道我们这帮人在干什么吗?"他问。

我们都摇头,他咯咯又笑起来。

"我们在巡勘教区边界呢。"他说。

他指给我们看地图上用红线标出的费灵地界。

他说:"话说从前还没有真正的地图的时候,我们就在地面上标了界,标明一个地儿在哪儿结束,另一个地儿从哪儿开始。为了做地标,我们使劲儿砸地。我们还向孩子们的脑子里灌输这些地界的概念。"说着他咯咯笑起来,"后来孩子们长大了,轮到他们来砸地了,把地界一代代地传到今天。时世艰难,对不?你们的妈妈怎么样了?"

"又住院了。"玛格丽特说。

"今天下午去探视。"玛丽说。

"她已经有拐杖了,对吧?"道布斯先生说,然后微笑道,"代我向她致以最良好的祝愿。"

他瞅了瞅我们生的火,还有冒着蒸汽的水壶,还有我们手里攥着的鸡蛋。

"看来你们要野炊狂欢喽?现在时兴这个。"

他用手杖杵了杵火堆周围的草皮,回头瞅了瞅他的队伍,咯咯乐着。

"过去也搞这个,在升天日,也就是在我们的主耶稣进入天堂的那天,好提醒我们记住尘世的现状。"

他摩挲着玛格丽特和玛丽的头发,接着说:

"还以为是我们使它复兴了呢。这事牵扯到一点儿历史,很有点儿意思。"

他伸手掏自己的衣兜,掏出一把果冻来。

"喏,拿着吧,"他说着把它们递给两个小女孩儿,"接着玩儿吧。吃果冻。"

此时,教区神父和吉布森小姐正在抽烟卷儿。那个上校正在踢一只绕着他脚跟儿转悠的狗狗。福克斯警官背着双手在那些掉队的人中间走来走去。那个吹小号的胖小子继续摇头晃脑，小号吱吱嘎嘎发出尖叫。

"好啦，"道布斯先生说，"我们要走了。愿意加入我们的行列吗？"

"不啦，谢谢。"柯林说。

我们全都瞅着柯林，但他还是摇着头。

"那好吧。"道布斯先生说。

他站在那儿笑着表示同意，然后转身回去。

"代我向你妈妈问个好。"他走过水塘后又交待了一声。

他一挥手，队伍又前进了。他不断地看着地图，不时地敲打着土地。

"这里就是边界！这里就是边界！"

"为什么不加入他们呢？"玛丽问。

"不行。"柯林说。

"为什么不行？"

他耸耸肩膀。

"我也不知道。不过那儿以前可没有神父，不是吗？"

我们目送着队伍远去，他们走过石南山的崎岖山道，很快就会从我们的视野消失。一些掉了队的人慢慢腾腾地殿后，这其中有几个打成一团的男孩子；一个手里牵着一只杰克·拉瑟短腿狗的老头儿；两个抬着一辆又大又漂亮的婴儿车的小姑娘，车里那个小宝贝又哭又闹，小姑娘们大声抱怨这路怎么那么难走。

"也许我们对住在地球上的哪一部分根本不感兴趣，"柯林说，

"也许在耶稣升天节这天,我们别的不考虑,只想着我们自己何时也能上天堂。"

我们全都瞅着他。他却悠然自得地打着舌响,点燃了一根香烟。

"真可恶!"他说,"也许也许的,各种也许。我也不清楚,对吧?"

凯瑟琳把茶叶放进大缸子里,再把开水浇进去。

"也许这就是答案,"她说,"就像奥马霍尼神父今天早上说的那样,这一天把我们这个灾难痛苦的世界提升,让它距离天堂更近一点。"

我们等着茶凉下来,趴在柔软的草皮上。那支小号安静下来了。阳光倾泻如注。玛格丽特问什么时候才能去医院看妈妈,回答是还有好几个钟头呢。

她叹了口气。

"她会等着我们的,"她说,"她会感到十分孤独,她的腿会很疼。她凭什么要忍受那么大的痛苦?"

她趴在草地上,小声唱歌给自己听。玛丽找到一根小棍子,沿着玛格丽特的身体在草地上画下她的形体。

"这里就是边界。"她模仿着布斯先生的腔调说。

我们沿着她画的形体线布下石头子儿,然后退后几步观赏整体效果。玛格丽特咯咯直乐。

我们互相画趴在草地上的形体,你画我的,我画你的,然后沿线布满石子儿。很快,在篝火和水塘之间,出现了一个并排的形体阵。

"这就是咱们的图，"玛丽说，"一张画着咱们所有人的地图。"

我们齐声大笑，碰杯喝茶。这时我们又听到一个声音在叫：

"这里就是边界！这里就是该死的边界！"

只见两个男孩儿朝山顶爬了上来。一大一小，小的那个精瘦，大的那个挂着一根棍儿，他搂着小的那个的胳膊，把他往前推。他不时停下来，用棍儿抽那个小的，还哈哈大笑。

"这里就是边界！这里就是该死的边界！"

玛丽愤然跳起，尖叫："住手！放他自由！"

那个大男孩儿一边朝我们戳手指，一边仍旧把那小男孩儿往前推。

我们全都瞅着柯林。

"可恶！"他说。

他和我走过水塘，朝他们走过去。我拾起一块石头，紧紧攥在手中。那个大男孩儿面露坏笑，等着我们。他把那小男孩儿的手朝上反拧到肩背部，又朝我们戳开了手指头。

"把他放开！"柯林说。

"见鬼去吧。"

"我说过了，把他放开！"

我高举起石块。

"你想干吗？"

"他要砸烂你的狗头！"柯林说。

"对，砸！"那个小男孩儿叫道。紧接着他的胳膊就被使劲反拧了一下,疼得他尖叫。"砸死他!让他脑袋开花!"他疼得号叫。

眼瞅着我们步步逼近,那个大男孩儿松开了手。

"交给你们啦。"他说着推了一下那个小男孩儿,使他跌跌绊绊了好几下,向前扑倒在地上,双手插进水塘边儿的烂泥里。

"瞧瞧他那样儿,"他说,"他算什么东西,嗯?"

小男孩儿从滑溜溜的水塘边儿上朝我们爬过来。

"砸烂他的狗头,"他说,"动手啊。还愣着干吗!"

但是我们不再理会那个大男孩儿,而是朝女孩儿们走回去。

那个大男孩儿哼了一声,悻悻地走了,边走边抽打两旁的欧洲蕨。

"你是谁?"玛格丽特问。

"我是瓦伦丁·卡尔。"他呜咽道,撑起身子坐在我们旁边的草地上。

"那他是谁?"

"他是我哥,那个爱眨巴眼睛、一肚子坏水儿的艾德里安·卡尔。"

"你别哭了,他滚蛋了。"

"可怜的瓦伦丁。"玛格丽特说。她把一只手放在他的肩膀上。"可怜的小瓦伦丁。"

我们全都看着他,等着他情绪稳定下来。他用双手抹着脸,把泥巴蹭得满脸都是。

"他都对你干什么了?"凯瑟琳问。

他撩起自己的衬衫,让我们看他后背上的那些红印子。

她听了听他的心跳,号了号他的脉搏,盯视他的目光片刻,摸了摸他的脸蛋儿。她递给他茶,还给他一块黄油面包。

"拿着。"她说。

他边抽泣边吃喝。

"别担心,瓦伦丁,"她小声安慰他,"你会没事儿的。瓦伦丁,这个名字真好听。"

"我是在情人节(St Valentine's Day)那天出生的。她说过,每个人都会因为这个名字爱我的,可实际上每个人都因为这个名字而嘲笑、欺负我。你们叫什么名字?"

我们自报了姓名。我们给他看了画在地上的我们的身体轮廓。我们请他躺在地上,用石头给他也摆了一圈儿轮廓。

"瞧,"凯瑟琳说,"这儿是我们,这儿是瓦伦丁在我们旁边。瞧见了吗?"

"瞧见了。"

"真乖,坐好了。把不好的事情全忘掉。"

"现在几点了?"玛格丽特问。

"还得有个把钟头。"凯瑟琳回答。

我们四仰八叉躺在地上,享受着阳光,默不作声。从远方依旧传来小号和钟铃的声音。瓦伦丁很快就睡着了,玛丽和凯瑟琳也都打起盹儿来,柯林和我抽着烟卷儿。玛格丽特从水塘边剜来几堆黏土,塑造起矮墩墩的小人像来。然后,她把它们像木偶似的摆放在草地上。她还给其中几座小雕像安上翅膀,把它们托举上天。

"把它们放在火上烤,"柯林建议,"就会变硬,这样你就能把它们拿回家了。"

于是我们围着火跪成一圈,小心地把这些人偶摆放在余烬上。我往里面添些野山楂树枝,余烬又噼里啪啦烧起来,火舌舔着这些泥偶。我们举起双手,护住脸。

"别担心,"我说,"它们烧不坏的。"

"我要把一座雕像带给妈妈,"玛格丽特说,"瞧,就是那座。"她专心往火焰里盯。

"得多久才能烤硬?"

"久到考验你的耐心,"柯林说,"直到它们彻底烤透,就像烘烤面包那样。到时它们就会像石头那么硬。"

"妈妈会把它摆在床边小桌上。每当她看到它,就会想到我们。"

瓦伦丁这时醒了,凑了过来。

"现在你们能把我送回家么?"他问。

我们面面相觑。

"可是现在几点了?"玛格丽特说。

"你住在哪儿?"柯林问。

"我也不知道。"瓦伦丁回答。

"见鬼!"

我们把他带回到刚才可以俯瞰费灵镇的那个地方。我们向他指着那些从中心广场辐射出来的街道,还有那些公园、新公寓和旧宅邸。

"在那里的什么地方?"我们问他。

"我不知道！我不知道！"

凯瑟琳过来向他一一道出他可能住的那些地方，那些可能是他家所处的地标。她轻轻抚摸他的肩膀。

"我认不出来，"他呜咽着说，"我不知道怎样才能回家。"

凯瑟琳摇头叹气。

"我曾梦到过耶稣升天，"她说，"只见耶稣从圣帕特里克大教堂里走出来，缓缓地升上天空，就像有谁提携他似的。我一个劲儿地用手指指点他的行踪，可别人就是什么都看不见。只见他越来越小，越来越小，成了一个黑点，最后消失不见。这时碧空如洗，明净空阔，和今天一个样。"

瓦伦丁温顺地倚在她身上。

"你带我回家吧，凯瑟琳。"

凯瑟琳打着舌响，冲他摇摇头。

"这可真是见鬼了，瓦伦丁。肯定有人告诉过你你住在哪儿。说说看，你家大还是小？是公寓还是小楼？"

瓦伦丁低头瞅着草不吱声。

"好好想一想！想想看！"

他想呀想，突然大叫。

"我想起来啦，"他终于开口了，"我觉得它是在那条道上——"

"活见鬼，"柯林说，"到底是哪条道呀？"

"是海宁道吗？"凯瑟琳问，"还是月牙道？还是格林道？还是快车道？"

瓦伦丁眼睛一亮。

"是快车道吧？没错，就是快车道吧？"

"我想是吧。我也不知道。"

我们兄弟姐妹几个大眼儿瞪小眼儿。然后，我们的目光越过眼前的山顶台地，越过眼下的成片房顶，游移到远方那条弯弯曲曲、名为"快车道"的车行道上。

"可是，现在几点了？"玛格丽特说。

柯林瞄了一眼手表：时间刚好够，如果抓紧，而且瓦伦丁没记错的话。

我们一阵忙活把东西都收拾好。我们把玛格丽特做的滚烫的泥偶从将熄灭的灰烬中捞出来，并排摆在先前放鸡蛋和面包的罐头盒子里。那个天使，怎么摆也不合适，就由她亲自拿着；由于太烫，她就像捧个烫山芋似的，紧着从一只手倒腾到另一只手。我们抓紧时间走出石南山，也离医院越来越远。我们不断催促瓦伦丁快走，麻利点儿，别老不动窝，我们这样做可是为了你好；就算你不愿打头至少也别掉队。他却老是磨磨蹭蹭，不是说太累就是说太热，说他想回家，因为我们催他有点儿凶神恶煞。他头上汗津津的，不时龇牙咧嘴，脸蛋儿也因老哭鼻子而通红。最后我对他失掉了耐心，半拽着他走下台地。

"这儿离你家很近了吧？"当我们踏上奇尔赛德路，开始朝快车道（快行路）走去的时候，凯瑟琳问道。

"他整个儿一问三不知。"玛丽说。

"我觉得快到了。"瓦伦丁说。待我们走上快行路时，他叫了一声"就是这儿"，兴奋得直用拳头抹眼睛。

"没错,"他说,"就在那边。"

他领着我们朝那边走去,我们将信将疑,犹犹豫豫。

"先别离开我好吗?"他说着瘪瘪嘴唇又要哭。

我们只好跟他走到门口,门里的花园破败凋零,光秃秃的像块石板。看来有人正在挖个深坑。坑挖了一半,一块波纹钢板盖住坑口,上面用红油漆写着"危险,避开!"房子的一侧有一条杂种狗正在睡觉,用链条拴在一根晾衣服的木棍上。近旁还有一堆火正在闷烧。窗子里,有个男的正往外瞧,然后消失了,随后出现在房门口,他穿着一件栗色的睡衣,一双黑靴子。

"他们是谁?"他问。

"是他们把我送回家的,"瓦伦丁说,"他们是我的朋友。"

"他哥哥把他扔下不管了。"玛丽说。她掀开瓦伦丁的衬衫:"瞧瞧他都对他干了什么。"

"你快进屋。"那个男人对瓦伦丁说。

瓦伦丁朝房门走去,那男人一把把他拽进门口。门随后砰地一声关上。我们听见从里面传出小孩的尖叫。

"阿德里安,你过来!跟你说过多少次了,你还把他丢下不管!跟你说过多少次了,你还打这个小崽子!"

接着里面传出阿德里安的声音,揍揍的尖叫声和骂人的声音。瓦伦丁从窗户里泪眼汪汪地看着我们。

"瓦伦丁真可怜。"看着他又被从我们视线中拖走,我们唏嘘道。

"我们会再见到他的。"凯瑟琳说。

"我们带他一起去看妈妈。"玛丽说。

"好的。看看哪天合适。可怜的小男孩儿。"

我们转身离开,玛格丽特呵欠连连:她感到十分疲劳。天气很热,回家的路又那么崎岖。如果我们不能准时露面,妈妈会担心死的。

远处,医院的房顶和烟囱在阳光下显得热气腾腾。

我们听到了一个声音:

"他们来啦!噢,他们来啦!"

原来是敏托太太在她的花园里叫喊。只见她跪在草坪边上,手里攥着把泥铲正忙活着。她依然戴着她那顶旧帽子。当她站起身朝门栅栏儿走过来的时候,我们看见她两个膝盖上各用线绳围着一块方格子图案的小毯子。

"真没想到!"她叫道,"你们真可爱!见到你们几个小家伙我可真高兴!"

她站在那儿容光焕发,脸上挂着泥点,绿衬衣的前襟儿上趴着一只瓢虫。

"先别急着走!"

她一溜小跑,跑进自家敞开的后门,然后拿着一瓶菝葜根饮料回来了。她手持饮料,胳膊越过栅栏儿把它递给我们,我们兄弟姐妹几个互相传递着喝起来。

"想想都很美:在这么晴朗的一天,你们一群可爱的孩子路过我的花园。你们是去看你们的妈妈吧?代我向她问候啊。一定要带去我的问候。"

说完她又从衣袋里掏出一包饼干,递给我们。

"拿着吧,"她说,"你们需要营养。把饼干吃了。"

柯林瞅瞅腕表,说还来得及,我们会准时赶到医院。于是我们站在原地,吃吃喝喝起来,一边满足地微笑。

"天气真好,"敏托太太说,"那么暖和,那么晴朗。我主耶稣安坐天堂。你们妈在医院静养。我们一起站在上帝光耀、恩泽的大地之上。"

玛格丽特端详着握在她手中的小天使像。它的表面已经有点皱了,一只翅膀也折断了。

"别担心,"凯瑟琳小声说,"她会像以前一样爱它的。"

我掀开那个罐头盒的盖子,展示其他躺在里面的泥偶。

从远方的教区边界,传来吹号和敲铃的声音。

敏托太太歪着脑袋说:

"你们听到了吗?那声音已在我的脑子里回响了一天。"

小胎儿

有个叫格莱特里小姐的女裁缝，住在费灵广场后面的基奇纳街。我们在她的店里买手套和帽兜（帽兜，一种几乎完全围住头和脖子的羊毛围巾，或类似的围巾。——译注）。她给我们加长衣服的下摆、缝边儿、改旧衣服。她不比我高，身上散发着薄荷味儿、药膏味儿、科隆香水味儿。她长着淡淡的唇须，耳垂被她佩戴的银耳环抻得老长。天冷的时候，一条有点破旧的毛皮披肩搭在她的开襟绒线衫外面，披肩上的兽首图案瞪着发傻的贼亮眼睛盯着你。

有些小朋友说她是个巫婆，夜里会穿门而出。他们都在议论那些有关符咒和幽灵的事。他们说她偷小孩子，然后卖给魔鬼。她的侄孙子凯夫是个和我同龄的红毛小子，他也说那些传闻不是空穴来风。这小子也讨厌她。他说，他家里人都知道她干过一些很可怕的事情。她年轻时曾当过妓女，此后没人敢碰她，所以她一直独身一人。

"你要当心，"他总是这么说，"她可是个脏女人。她会勾引你，染你一身骚。不信你就等着瞧。"

当我在家重复这些话时，妈妈却说这个女人一点儿也没有坏心眼儿。她的要求不过是想有自己的孩子，并且改过自新，更何况她还很喜欢我们几个孩子。我也觉得妈妈说得对。我喜欢在她的小店面屋里和她待在一起，站在她面前的一把椅子上，看她忙着穿针引线，缝缝补补，嘴里咬着别针、扣子什么的。当她给我量体裁衣的时候，她触摸我的手指很轻柔。她还抚摸着我的头发说我长得真快。此外，她店里的橱柜上还有几个糖块儿罐，书架上还有许多书，墙上还挂着好多带框的、褪了色的老照片。

这些照片初看上去好像很陌生，年代久远。但在她的解说下，我看出了其中存在于熟识中的未知，比如说在费灵河滩的野地上举办的那次嘉年华会，有军乐队、露营帐篷、旋转木马；那些马都在脖子上套着皮革制的大笼头，聚在费灵广场中央的一个水槽那儿饮水；那一溜儿自低向高排列的店铺，家家门口站着个围围裙的店主，那里是费灵高街。在这些照片里，到处都有我成长的痕迹：那条宽阔的大河，绵延起伏的石南山脉，圣帕特里克教堂的尖塔，纵横交错的街道，城镇的梯级布局，依山傍水的坡度……形形色色的建筑，其门脸儿都经过重修；那些酒吧、餐馆、商号都重起了名字，但实质没变。我还在这些照片的人群中寻找熟悉的东西，譬如说在那些已逝去的人脸上辨识我的祖先，胶卷冲洗出来的时候他们还活着。我还尝试破解那些人去楼空、物是人非的地方；先人虽已去，但留下鬼影般半明半暗的印记。

我把脸凑近那些照片，边瞧边嘟哝着"嗯，我看到了"。她见我看出了名堂便点头微笑，还捏捏我的胳膊以示祝贺。

照片中有不少是护士，比如医院背景下她们的合影，比如第一次世界大战中她们在野战医院中忙碌的身影。她们正在救护伤员，担架上、长凳上躺着小伙子们，一些人坐在轮椅中很是消沉，绷带缠身，缺胳膊少腿儿；另一些人坚强地微笑着，虽然目光在一点点熄灭。有一次，格莱特里小姐从里屋拿来一个包裹，那是她穿过的旧制服，叠得整整齐齐，压得瘪瘪的，用薄纸和牛皮纸包了好几层。那些深蓝色的裙子、雪白的围裙、绣在工作服上部的十字架被污血浸染过，失去了鲜艳的色彩。她把它举到胸前展开，摆了个姿势给我看。完了又把我领到那些照片前。"瞧瞧我在哪里？"她问。我把那些脸扫描了几遍后，终于确定了哪个是她：就是那个笑容灿烂、靓丽的小个子姑娘，她存活了下来，现在以女裁缝的身份亲切地站在我身边。

随着我的长大，她对我的衣服不可避免地需要缝缝补补。我们最初注意到这一点，是她在给我做一条裤子的时候；当时我们在一个抽屉的尽里头找到了一段黑布料，就做了起来。那天她有点心不在焉，很难集中精力在手头的活儿上。

"你多大了？"她问。

"十岁。"我回答。

她掰着手指头数数，小声念念叨叨，一直数到几十。

"十岁么？"

"是的，十岁。"

"都十岁了。"

她陷入沉思，或者想象，拿着针线的手停在半空中。当时是十一月，临近荣军纪念日。我还记得我们都在胸前戴着红色的罂粟花。屋外，路面的鹅卵石接缝处结满了霜。一家子人急匆匆地从窗前经过，父母领着几个小孩儿挤成一堆儿，呼出的气息凝成白雾在他们的头顶缭绕。等她从走神儿中醒来，又穿针引线时，她的手指头出了闪失，针把我的腿扎破了。

"可怜的孩子，"她一边用棉球轻擦我的皮肤一边嗫嚅着，"那么细皮嫩肉的。"

完了她又缝缝补补起来，还是走神得厉害。

"你多大了？"她又问，"多大了？"

我们又来到了那些照片前。

"瞧，这个人是你。"我指给她看。

"这儿还有个人呢。"她说。

在她的食指下有一个露齿而笑的黑头发士兵，钢盔拿在手里，厚厚的制服扣子一直扣到喉结。他站在一扇像她的店门那样的前门旁，那门直对着人行道敞开。即便从这黑白的老掉牙照片身上，你也能看出那天的日头有多么得毒，辣辣的火舌舔着砖墙和门槛儿，让这当兵的使劲眯缝着眼睛，抗着残忍无情的日光，一个劲儿地傻笑。

"瞧见啦？"她问。

"嗯。"

她又指给我看另一幅照片：一群士兵松散地站在一个火车站的月台上合影，天气不像上幅那样烈日当空。

"现在他在哪儿？"她问。

我像玩游戏那样，扫描每一张脸。

"那边那个。"

"不对。是这边这个，"她说，"帅帅的这个。"

我们来到下一组照片前。

"现在他在哪儿?"

"是这个。"

"不对,是这个。瞧见了?"

"瞧见了。"

她用巴掌捧起我的下巴颏,冰凉的手指尖挤压我的脸蛋儿,并加大力量挤压到我的颧骨,还用手指精细勾勒我的太阳穴的线条。

"瞧这个帅气的傻小子,"她说,"现在他又在哪儿啦?"

她又似在想象着什么,然后丢下我,去了另一个房间,手里拿着一张照片回来。是那个士兵的头像,穿衬衣,打领带,很休闲,透过均匀的光线冲着我们笑眯眯。这张照片几乎没有褪色,照片的一角上还印着一位费灵照相师的大名。

"这个也是他。"她说。

她又摸了摸我的脸蛋儿。

她用牛皮纸把裤子包了起来。

"我告诉过他,你要知道。先别走。护士都知道人体是多么柔软而脆弱的一个东西。"

回到家后,妈妈用手指捋着我腰部弯弯曲曲的针脚。她用力抻着我的裤腿儿,试图让它们齐平地盖住我的脚踝。她跪在我身旁,用剪子和针线拆开一段针脚(缀边儿),把它整齐平后再缝上。她叹着气,连连摇头,说这样的针脚只能算是马马虎虎,你就凑合穿着它去正式场合吧。

我把那个士兵的事儿跟妈妈讲了。

"可怜的肉体,"她嗫嚅着,"可怜的灵魂。"

之后一段时间我们就再也不用格莱特里小姐了。

妈妈依旧有时去她店里坐坐,回来后就讲她这样不行那样也不行。

那是在我十一岁多的时候。爸爸说我是个承载着过去梦想的孩子,说我是个开拓者。学校的课业如山,繁重而无情:日复一日的数学测验、语文摸底,皆为大考做准备。我们虔诚祈祷,付出的艰辛得到回报,汗水不要白流。我参加了加罗初级中学的考试。当时参加的有好几十人,在操场上,我们按区按片儿按学校分类、排名、登记、注册。在外围教学楼波浪形状的房顶上,用油漆刷上了大标语"禁止核武器!""参加核裁军运动!"等。那些老师一个个板着脸站在我们周围,就像狱卒看着犯人,就连上厕所也有人监视。我站在厕所的破镜子前面,晕头晕脑地盯着自己,仿佛见到了婴儿期和幼儿期的我,见到了我父母照看我的形象。有人朝我吼,叫我赶紧出厕。当我踉跄地经过他时,他推了我一把。

当我在严格管制下的考场里开始答题时,安静只是偶然被恐惧的喘息和监考者的走动打破。这时我反而释放了自己。正如爸爸说过的那样,我没有什么可担心害怕的,有耕耘就会有收获。

我通过了考试,穿上了灰色的制服:灰色的法兰绒运动夹克,佩戴一枚城垛和长矛图案的徽章;灰色的法兰绒便帽,灰色的短裤和袜子。这件运动夹克衫穿在我身上直溜肩,短裤穿在我胯上也老往下溜。我站在家人中间的时候,他们要么捂嘴笑,要么咯咯笑,要么诡异地微笑。爸爸搂住我的肩膀说,随着时光流逝,天晓得这小子还能给咱家带来什么奇迹。他开着他的奥斯丁牌轿车带着我在镇上兜了一圈儿,闯进各个亲戚家,要他们都来为我祝贺。他们笑话我太腼腆,不断地往我的手心里塞钢镚儿。他们还一个劲儿地给爸爸斟啤酒。他的爸爸——我的爷爷——还说,这小子一出生我就看出来了他将来会有出息。

爸爸还带我去了格莱特里小姐的裁缝店,请她给我的短裤加工。他把我留在店里,自己出门,一拐弯儿去了科伦巴俱乐部。格莱特里小姐高兴得什么似的,吻了我的脸蛋儿,说她还以为我再也不来找她了呢。

她站在我面前,上下打量穿着制服的我,给我抻抻衣襟,理理袖子什么的。

她穿着一件旧的开襟羊毛衫。她的面颊已开始松垂,布满皱纹。房间里有一股淡淡的尿味儿。当她用别针别住我的短裤时,她的手在颤抖。我感觉到她的手指在碰触我的皮肤,这时我想起了凯夫说过的话,就诅咒自己怎么会想入非非。我坐着,身上围着一块围巾,她拿着我的短裤缝缝补补。春光从街上泻入小店,照出空中漂浮的尘土,无数银灰的细微颗粒在运动。我环顾这间挤得满满的小屋,目光又落在那些照片上。

"格莱特里小姐,"我说,"那个士兵后来怎样了?"

她吃惊地看着我。我能看出她的眼神在紧盯针尖之后又聚焦在我身上的那种紧张。她打了几下舌响,扬扬眉毛,呵呵笑了几声。

"死了,"她说,她接着缝补,"就这样。他死了。"

我又把短裤穿上,站在她面前,她摸着我的脸颊。

"现在你多大了?"她问。

"十一岁。"

我和她一起剥糖吃,然后站在相片前。

"瞧我这帅小伙儿。"她嘟囔道。

她叹气,紧捏我的胳膊。我觉得她在我旁边一下子变小了。

"你很快就要走了。"她说。

她又似在想象着什么。

"我这儿有个秘密。"她低声道。

她从我身边走开,我听见她上楼的脚步声。少顷,她回来了,双手捧着一个精致的木盒子。她把它放在餐具柜上,双手颤抖着揭开它的盖子,从里面取出一个小广口瓶,把她的小婴儿展示给我看。

这是一个小胎儿,悬浮在液体中。它比我的大拇指长不了多少,脸上已显出眼睛、鼻子和嘴巴的胚芽,半成形的双手举起在小胸前,两个小小的膝盖蜷缩在小肚子前。它头朝上竖着,小脊椎骨朝内弓成拱形。

"这是我的小儿子。"她轻声说。

她把手掌放在广口瓶的曲线上。

"他要是活着,应该也像你这么大了。"

我们凝视着液体中的小胎儿,一条细光柱照在他身上。

"他叫什么名字?"我问。

"他本该叫安东尼,和他爸爸一个名。但是我的心也死了。"

她用胳膊搂住我的肩膀。我们都沉默着,陷入了沉思。

"你在他身上看见了我们的影子吗?"她问,"我和那个当兵的?"

就在这时爸爸敲门了。她赶紧把瓶子放回盒子里。她吻吻我,对我说这是个秘密。然后她去开门,对我爸说你儿子长成大小伙子了。他听后大笑,说他还没有把我显摆给科伦巴俱乐部的兄弟姊妹们呢。

那年夏天我长得特别快。我穿着那条黑裤子玩耍,它很快就褪色了,变紧了,裤边也磨损了,裤缝儿很快就开线,膝盖那儿磨出了洞。我在山顶平地上踢足球,几十个来自不同街道的男孩儿抢一个足球,连踢带打的,互相骂骂咧咧。我还和我的朋友们远足去石南山游玩。我们随身携带刀具、自制的长矛和几大包三明治。我们从山顶俯瞰那些在费灵广场周边崛起的新楼房。我们蹲在那些断垣残壁的碉堡工事中间,眺望遥远的北海,不断报告入侵轰炸机的数目。我们生起火堆,点燃从大人那儿偷来的烟卷儿抽。因为日晒、疲惫和兴奋,我们的身体时而作痛,时而发麻。我们紧挨着躺在温暖的深草里,畅谈着我们长大后要做的那些旅行。

我有时候也会遇见凯夫·格莱特里。他咧嘴冲我笑着,说起他所谓的那个猥琐的老巫婆,还问我她是否把手伸进过我的裤衩。

可我却时常梦见格莱特里小姐松垂的面颊,她那位阵亡的士兵,还有她泡在广口瓶中的小胎儿。我常梦见它开始成长,我熟悉的五官特征渐渐显现在它的脸上。

· 数星星 ·

八月下旬的一天,我和爸爸出去买新钢笔和一套数学课件。我再次穿上那套制服,感到那件运动夹克衫更紧了。一辆巴士报着我家的街名经过我们。进入秋季,天开始黑得早起来,而且好像一下子,白天就短了。从山顶上,我们眼瞅着脚下的泰恩河越来越早地被夜色吞没。

"没有办法。"我们盯着苍茫暮色咕哝道,悻悻地下山而归。

格莱特里小姐的心脏在那年十月开始衰竭。一天早上,一个穿过基奇纳街的小孩儿见到她躺在自家起居室的中央死了。我和我爸妈去参加了她的葬礼。教堂里,举行丧事的过程中,她一动不动地躺在棺材里。我已经预感到她快要不行了,并已经想象过她躺在棺材里的情景。葬礼上,我身穿制服,手指捻着她最后一次给我缝补的针脚,这些补缀很快就得拆掉了。我们吟诵了祈祷词,为她唱了赞美诗。牧师说她已离开了她苦难的肉身,在天国获得了新生。我则私下里祈愿她的那个士兵在天国与她相会重逢。我脑子里好像又想起了她的声音:我在哪儿?他又在哪儿?鼻子一酸我哭出声来,因为我清楚他们的小胎儿已不可能和她在一起了。

葬礼结束,我们开着奥斯丁牌轿车回家,路上妈妈说,她已有所耳闻,说格莱特里小姐的亲属真够呛,已经为争夺她为数很少的那点遗产打起来了。

此时我已听到老师们交头接耳,说我迎来了我的花样年华,看来我的小宇宙即将爆发。爸爸也说我好像拿下整个世界都不在话下。妈妈则一边拆开格莱特里小姐缝的针脚，一边含笑不语，末了才问了一句：她的小婴孩儿去哪儿了？一天晚上，凯夫·格莱特里的母亲拿着一个包裹来到我家。她说，格莱特里小姐生前留下一个字条，叮嘱把这些东西交给我。她愁容满面地跟我妈说，把这个烂摊子清理掉得花好几个星期。她说你简直想象不出我们整理她的遗物都发现了什么。她站在旁边看着我拆开这个包裹，只见里面有一堆老照片，有护士，有士兵，有费灵的历史景象。她瞅瞅我妈，扬扬眉毛，摇摇头，然后匆匆出门消失在夜幕中。爸爸帮我把这些照片贴在我卧室的墙上。我把年轻时的格莱特里小姐指给他们看，把她的士兵指给他们看。我们还一起把费灵镇我们认得的景象单挑出来。我一边做着这些事，一边回忆着格莱特里小姐的聪明乐观，还有她对我的温柔碰触。

晚上，我坐在这些照片下面解习题、写作文。我曾尝试写一篇关于一个护士、一个士兵和一个泡在广口瓶里的胎儿的故事，可最终劳而无果。我知道自己是写不好这个故事了。

秋意愈浓，万物凋零，霜冻早早降临，满目凄白。星期六早上，在高地游乐场上照常举行足球赛。寒冷加剧了球员的野蛮动作，沿着边线快速带球时经常发生激烈的打斗。无风的空气中，团雾在我们脚下聚拢，越来越浓，笼罩山下的城镇。霜冻在阴影中尤显苍白。石南山上，我们生起了火堆，把土豆扔进余烬里烘烤。我们砸水塘里的厚冰壳儿玩。我们聊姑娘，聊炸弹。我们设想自己是战后的幸存者，周围满目疮痍，生灵涂炭。

那是在一个星期六的下午，我又遇见了凯夫。当时我正走在回家的路上，听到有人喊我的名字，见是他正穿过空地朝我走来。

"你肯定不相信自己的眼睛。"他说。

他从肩上卸下一个帆布背包，从里头取出那个精致的木盒子。

"你肯定没见过这样的东西。"他说。

他打开盒子，取出那个广口瓶，递到我面前。

"瞧！"他说。

我接过那个瓶子，把它凑到渐暗的日光下，我看到了五官的雏形，那些小胳膊小腿儿。

"她留了一个字条，说把这东西和她葬在一起。可是谁也不敢碰它。我妈妈为它伤心地哭了一夜。我爸爸根本不靠近它，说它是邪恶的东西。所有人都希望赶紧有个人把它拿走。"他把头凑近我又说："瞧见了吗？对这老母牛，人们说的一点不错，她就是个血腥巫婆。"

我把广口瓶凑到明亮处的时候，看到小胎儿在液体中徐缓地翻滚。

"你觉得它是真的吗？"他小声问。

小胎儿的肉体经过多年浸泡已经发黑，比我们常人的肉体更显得不透明，但我清晰看见了它的骨骼和血管的轮廓。它皮肤的线条已开始模糊不清，就像要溶解似的。它举着两只小小的手，仿佛要抓住或者挡开什么东西。

"它不能升上天堂，只能待在地狱的边缘。"我说。

他不解地看着我。

"那里是没经过洗礼的人的灵魂去的地方。他们在那儿可以很快乐,但由于他们不知晓上帝,也就不可能和受过洗礼的人待在一起。"

他咧开嘴笑了,说:

"它甚至有一根小鸡鸡,你把瓶子倾斜就能看见。"

"你打算拿它怎么办?"我问。

他耸耸肩膀。

"我也不知道。我原想把它取出来,把瓶盖都打开了,然后就不敢进一步了。"

我们四目对视。他把瓶子从我手中拿走,开始开启金属瓶盖。我们深呼吸。瓶盖拿掉后,一股化学气味顿时弥漫空间。

"我一拿到这个瓶子,"他说,"立刻就想到了你。"

我们叹气,咬嘴唇。我眼瞅着他——他也眼瞅着自己——把手指伸进瓶口。但他接着就呻吟着退缩了,下不去手。一些溶液从瓶子溢出,洒在草地上。

"真蠢。"我说。

我望着天空,望着夕阳。我叫凯夫撒手,我说我来保存这个胎儿。为此我俩打起来,打得在盖霜的草地上连滚带爬,你滚过来,我滚过去。不过我比他人高马大,战争很快结束。我扼住他的喉咙说你懂个屁。我说这是秘密,你要敢泄露我就宰了你。我狞笑着说她教会了我念符咒。我煞有介事地念了几句经文之类,然后啪地啐了一口吐沫在他脸旁的草地上。

"你这头蠢驴。"我说。

我让他爬起来。我把那个帆布背包扔在他身上。他的脸上出血了,还一把鼻涕一把泪的。我朝他进逼,他吓得后退。我把瓶盖盖上,把瓶子放回到木匣中。

"你滚吧!"我对他说。

我从衣袋里掏出小刀,揪出刀刃儿。

他跌跌撞撞地跑过空地,边跑边哭,骂个不停。我盯着他远去。

我又爬上石南山。天光迅速变暗。我打碎一个水塘里的薄冰。我在附近的一棵山楂树下找到了一处隐蔽的草窠。我用小刀挖起地来,挖掉地表那层薄冰之后,下面的土就很容易挖了,我用手掌一捧捧地把土掏了出来放一边儿。完了我把广口瓶里的液体倒掉,用瓶盖挡住胚胎不让它掉出来。我从自己的裤子上撕下来一条布摊在手掌上,然后移开瓶盖,那个小胎儿立马滑出瓶口掉在我的手掌上。我把另一只手伸进水塘,舀起一些水,慢慢淋在小胎儿身上。

"我把你命名为安托尼。"我说。

然后我祈祷魔鬼必败,小胎儿将被上帝纳入天堂,他将在那里受到欢迎。我低头凝视着他,触摸着他,他的皮肤那么光滑,那么柔软。我把那条布折叠起来盖住他。

"你可以安息了。"我轻声说,然后把他放进土坑。

我把掘出的泥土全推回去,把草皮复位,压瓷实,然后再次祈祷,愿我在地球上的善举能影响到天堂里的事件。最后我把那个广口瓶和那个木盒弃之荒野。

我在暮色笼罩下急匆匆下山。

在我的房间里，我把家庭作业推在一旁没心思做。我仍旧感到心情沉重，那个小胎儿的重量和形状仿佛仍压在我的掌心。夜幕降临后，我才又抓起笔来，写那个护士、那个士兵和那个装在广口瓶里的胎儿的故事。

奇尔赛德路上的那个天使

　　这条路很窄，路边生长着高大的树木。它从西沃思和沃特米尔巷子起始，一路向上延伸，来到一片宽阔的坡地，这片坡地在过去通向煤矿，然后通向石南山，最终通向浩渺蓝天。

　　在我们的大姐芭芭拉去世一星期之后，有人看见她和妈妈手牵手走在这条路上，朝着那片坡地走去。她穿着一袭白衣，走得和妈妈一样轻快，这可是她俩毕生都不曾有过的现象，因为芭芭拉一直都是个病恹恹的孩子，而妈妈也早已被关节炎折磨得死去活来。时间是晚冬。她俩走在树荫下。从我们的大姐的身上发出一道明亮的光，且两人都笑得很灿烂。

　　那时候，我们住在费灵阴暗的山脚下一处新建的住宅区里，名叫"格兰治田庄"，里面的房子都是那种灰不溜秋、墙壁外部嵌有小石子的建筑。我们是从父母在费灵广场的第一个家搬到那儿去的，第一个家是多层公寓，阴森森、凉飕飕、老鼠肆虐、疑影重重的那种。我们住的房子坐落在一个死胡同里，叫做瑟尔米尔巷，只有一条叫做科尼斯顿的环形长路通到里面。一条新筑的辅路把这片住宅同城镇的主体分隔开来。从瑟尔米尔巷的花园里，只要抻着脖子踮着脚尖，视线越过下面成片的房顶，就有可能隐约看见远方的费灵镇中心，那边的街道和公园，游乐场地，以及石南山。但要接近那些地方可不是件容易事。芭芭拉就是在瑟尔米尔巷的那所房子里死去的。

芭芭拉死后不久,我们又开始朝上搬家。我们回到了费灵广场,搬进老房子拆掉后在其原址新建的公寓里。然后再搬,搬到地势更高的科德威尔公园安身,这里挨近奇尔赛德路。若不是爸爸去世的话,我们很可能会搬到更高的地方,没准儿会搬到原先老煤矿区所在的那一带;在那个矿区的原址上,新住宅纷纷拔地而起。

也许我们正在圆梦:总是向上、向上,搬家搬得离天堂越来越近,紧随那个天使——有人在那天见到走在奇尔赛德路上的那个天使——扶摇直上。

见到那个天使的是玛丽·拜恩,她是迈克尔的妈妈,是住在沃特米尔巷子里的居民。她把这件事讲给了我们的母亲听,给她带来了极大的安慰,然后她又讲给了我们的姐姐凯瑟琳,最后凯瑟琳告诉了我们所有人。

时空穿梭机

费灵河滩,我父亲去世前的那年,五月初。这是我多年来的第一次掏鸟巢。我坐在一棵百年老山楂树上,嘴里含着一枚篱雀的蛋。我听到鸟儿的鸣啭啁啾,以及从远处城市传来的无尽喧闹,有机械操作和马达转动的噪声,有车轮在受损的路面上艰难行进的轧轧声。我又往上攀上更高更细的树枝,把密密纠结的树叶拨到一边,向外张望,只见旅游大巴和大货车车队在梯形或斜坡状的道路上攀沿而来,碾过碎石爬上荒坡,开进俯瞰泰恩河的这一大片台地。随着我把树枝越抓越紧,这棵支撑着我的老树也在哆嗦。它的刺儿扎进我的皮肤,我好像看到了《华尔兹舞者与死神之屋》,一只绵羊、一只山羊和一头小骆驼卧在同一个笼子里。我打了一下滑,那枚篱雀蛋立刻在我嘴里破碎,使我作呕,连连啐唾沫。我嘴里感到咸咸的,黏黏滑滑的。蛋壳精巧得难以形容,蛋清蛋黄流出我的嘴巴。我抓住另一根树枝,重新平衡好身体,再次向外张望。透过山楂树的花簇,我看到时光穿梭机返回到费灵河滨。

我从树上爬下来,蹲在树荫里。那个车队停下来了,孩子们和宠物狗们从车门里鱼贯而出,下到地面上。我还在啐,啐,啐,并用袖口抹嘴巴。我的两只手都有点出血。一群孩子朝我走过来。一个穿着短上衣的小女孩儿牵着头阿尔萨斯犬,先朝我指指点点,然后朝我旁边的旧鞋盒指指点点。

"这里面是什么?"她问。

我打开鞋盒,向她展示我的胜利成果:柔滑的沙土上整齐排列着几行鸟蛋。我用手指头轻触它们,逐一报出它们的名称。

"八哥蛋,云雀蛋,乌鸫蛋,鹪鹩蛋……"

我朝上指着这棵老树,指着深藏树叶中的那个鸟窝。

"那是篱雀的窝。"我告诉她。

我从舌尖上剔出一片碎蛋壳。

"给我们一个蛋吧。"她说。

我伸手把这个发亮的蓝碎片递给她。

她哈哈大笑,她的狗也狂吠起来,她连忙拽住它的鬃毛。在她身后不远处,游人们已开始安营扎寨:解开拖车,安置房车,在草地上打桩搭帐篷,展开大张大张的帆布。我好像见到了时光穿梭机,瓦蓝锃亮,上面画有金字塔、飞碟、穿比基尼泳衣的性感女人等图案,在其中央的圆拱形入口处还挂着串珠门帘儿。

一个精瘦的赤身男孩儿蹲在那些鸟蛋前面,偷偷地把一个手指头插进沙土中。我连忙把他的手打开。

"你们从哪儿来的?"我问那个女孩儿。

"我们讲出你的年龄,你付给我们六便士。爸爸把锁链来挣脱,把刀往自己身上戳,"她念念有词,"妈妈给你把命算,半夜露裤衩给男的看。"然后她伸出手说:"给我们一便士吧?"

"你叫什么名字?"

"小猫,"她伸出像爪子一样的十指,做狰狞状,"你是十四岁。给我们一个便士吧。"

我把一枚硬币丢进她的掌心，她咯咯笑着，啐着吐沫，然后牵着狗，和她的朋友们朝河边走去。在那片空地上，大孩子们正在东游西逛。一个变戏法的在用两手快速倒腾几把刀子。埃尔维斯·普莱斯利的嗓音开始沙哑、干涩、粗粝起来。我走出百年老树的身影。那个倚身时空穿梭机的女人见我经过她，就大声招呼我。她是个黄毛蓝眼睛的主儿，胖得像油画中的那些女人。我好似经常见到那个画名和那些人体被画上去的过程。

"没错，叫你呢，男孩儿！"她招呼道。

她穿着高跟鞋和短裙。脸上的妆化得像蛋糕，两眼涂着死人般的黑眼圈儿。我先是扭头就走，接着又偷眼看了她一下，却被她的和善吸引住了。她年纪约莫三十多，甚至可能和我妈年龄差不多。她冲我微笑，舔着嘴唇，轻轻抻着白色胸衣下的吊带。我盯住时空穿梭机的入口，盯住黑幽幽的里头。

"你一定要来见识见识时空穿梭机。"她说。

我注视着她。

"你要记住，"她嗫嚅道，"牢记，我的帅小伙儿。"

我扭开我的目光，离开了空地，快步走回家去。

我和我的几个姐妹待在厨房里。倾泻进屋的阳光里飘浮着尘埃，我的姐妹们松松的发卷儿在阳光下泛着亮光。我们注视着那些鸟蛋，试着识别它们，给它们起名，并一一记住。

"乌鸦，"我们嘟哝着，"八哥、云雀、鹡鸰……"

我指给她们看每个鸟蛋上都有的一对儿小孔，告诉她们雏鸟是如何从里头破壳而出的。我告诉她们这些都是爸爸教给我的,是几年前爸爸领着柯林和我穿过费灵边儿上的那些老巷子时玩的玩意儿。我跟她们讲了爸爸教给我的掏鸟蛋方法:悄没声息地接近,迅速一下子,别碰坏鸟窝,只取出一枚蛋,当这窝蛋只有三四枚的时候下手。

我看到凯瑟琳的眼睛里闪着泪花。

"你怎么了?"我问,"哪儿不对了?"

她把一只手举到泻入的日光之中。我们观看着尘埃在周围以极微的银屑飘浮、翻飞、舞蹈。

"这是人的皮肤,"她说,"在学校老师告诉我们说,大多数的尘埃都是人的肤屑,就是死亡的皮肤碎屑。"

我们都琢磨着这句话的深义,然后全都大笑起来。尘埃顿时汹涌翻腾,我们眼瞅着它们随呼吸涌入嘴巴。

"小天使们就是像这样的,"凯瑟琳说,"她们的身体可比咱们的微妙多啦。她们的原子很分散。她们与其说是物质,不如说是精神。她们在我们周围,无处不在。"

我们全都瞅着她,莫名其妙。

"在学校老师就是这样说的,"她说,"真的。"

我们又都大笑起来。

"真的是这样,"玛丽和玛格丽特齐声说,"真的、真的、真的是这样的。"

"没错儿,"我说,"今天我还看到一台时空穿梭机呢。"

爸爸从户外阳光中走进屋来。他那件沉重的箭尾形呢子大衣搭在他的臂弯上。他挨个儿吻过女儿们后,和我们坐在一起感叹天气如此之美。他点燃一根香烟,看着烟雾穿过尘埃袅袅上升,弥漫消散。他坐在很硬的厨房椅子上不时挪着屁股,还有点儿喘。

"给我摁摁这儿。"他抓过我的一只手摁在他的脊梁骨末端上说道。我给他按摩,感受着他皮肉底下那根复杂而坚硬的脊柱。

"是这儿吗?"我问。

"没错儿。是这儿,就这儿。再使点儿劲儿,儿子啊。"

他轻轻摸了摸那些鸟蛋,跟我们说他今天见到了时空穿梭机。

"我知道,"我说,"我看见它来到费灵河滩啦。"

爸爸从鼻孔里喷吐烟圈儿。

"我也见到它从天而降,"他说,"就像很多年前那样。"

他伸出手来捏捏我的脸蛋儿。

"你不信吧?我小时候在费灵河滩见到的就是这架时空穿梭机。"

我俩紧紧靠在一起,眼朝下瞅着那些鸟蛋。

"你得领着我去,"他说,"它停留的时间不会太久。你得指给我看才行。"

他大笑,拍拍我们所有人,亲亲我们所有人。

他若有所思。

"这是云雀吗?"他说,"这是乌鸫、八哥、鹡鸰吗?"

我梦见天主攀爬费灵河滩的那棵山楂树。他在树枝上平衡着自己,注视着那些鸟窝,小心翼翼地从超过三枚蛋的鸟窝里取走鸟蛋。他把它们塞进嘴里片刻，然后吞进肚里。那个叫"小猫"的女孩儿从下往上注视着他，不断催促着他："给我们一颗蛋吧，先生。请给我们一颗蛋吧。"总算他把一个蛋向下抛给她。她在接住它时，蛋在她手掌上裂开了，一只毛茸茸的雏鸟钻了出来，像一只微小的蜂鸟那样鲜艳。我大气都不敢喘一下。它竟然是我们死去的姐妹芭芭拉，我们中的老四。我眼瞅着她扑腾着翅膀，飞向时空穿梭机的蓝天和沙漠。"原谅我们吧，""小猫"嘟哝着，"请再给我们一颗蛋，先生。"这下天主愤怒了，他恶狠狠地朝下盯着那个小姑娘，变得随便和笨拙起来，把蛋一颗接一颗地塞进嘴巴里。蛋黄和亮蓝色的碎蛋壳黏糊糊地流出他的嘴巴。整棵树的枝杈都在颤抖，空气中充满了那些雏鸟蛋父母惊觉和报警的大叫。我看到芭芭拉扑翅飞进时空穿梭机的珠子门帘。我冲过去尾随她，并在黑咕隆咚的里头醒来。

第二天下午，爸爸在花园里唤我。他正忙着把玫瑰花茎捆绑在栅栏儿上。他掐下一朵蓓蕾让我看，只见里头花瓣密密匝匝，柔软娇嫩，潮润欲滴。他告诉我说你真幸运，还说你将会无所不能。

"你懂我的意思，对吧？"他说。

我点点头。

他微笑了，笑中含着讽刺意味，还把烟吹到蚜虫身上，好熏死它们。

"我们现在就去，"他说，"就你和我去。以后我再带上她们。"

屋里头，几个女孩儿和妈妈正坐在厨房餐桌旁。柯林正在楼上不知什么地方试穿他最漂亮的黄衬衫，或他最帅气的蓝牛仔裤。

爸爸领我进了屋，给我好好梳理了头发，帮我卷好袖子，掖好衬衫的下摆，把我整得利利索索的。完了，他又把他那件沉重的箭尾形呢子大衣搭在臂弯上。他叹了口气，用一只手背按压在后腰上。

"你们爷儿俩这是去哪儿啊？"妈妈问。

爸爸咧嘴笑笑，眨眨眼睛。"掏鸟窝去。"他回答。他轮流亲亲丫头们："过两天我再带你们去集市，我忘不了的。"

然后我俩迈入了明媚的阳光。

"再见，小鸟儿们！"他大声说。

一片乱糟糟的帐篷和货摊儿，几条曲曲弯弯的路径，几个热闹的游乐场。那些旅游车辆和活动住宅都驻扎在大河的上方。马达、空气压缩机的轰鸣和犬吠声响成一片，洋葱味儿、烧烤味儿、油炸味儿扑面而来。费灵的居民们悠闲地在台地和集市上穿行。我们在台地边缘的那棵山楂树前驻足。明媚的阳光洒在身上暖洋洋的，从附近什么地方传来云雀的高歌。爸爸转身面对着我，注视着我。透过他黑色的胡须，我窥见他发黑的肤色，还有他浓黑的眉毛和炯炯的眼神。看得出来，我在身高上很快就要超过他。

"你开心吗？"他问。

我手搭凉棚，挪开目光远眺，一时不知道怎么回答他。

"这不是个好问题吧？"他说。他朝几个路过的人挥挥手。"你会开心起来的。我们错失的一切，你都将会得到的。"

我俩继续走。他点燃了一根香烟，我俩在人群里穿行，两边是儿童射击场和旋转木马什么的。我感到他的手在拉着我前行。"小猫"穿着白裙子站在道上，大声叫卖她能准确道出任何人的年龄，收费只要六便士。我们经过她时，她抓住了我的胳膊。她指着我爸说："四十二岁。"然后伸出手说："给我六便士吧。"爸爸大笑，丢给她一枚硬币。

她又朝我眨眼。

"给我们一个蛋好吧？"她尖声说。

我们走掉了。

"真难以置信，"爸爸说，"和我当年见到的那个时空穿梭机一样。同一个女人，同一个男人。这怎么可能？"

那个女人站在一个门脸儿前面的低矮的舞台上，穿着紧身，泳衣上半截鼓鼓囊囊像条河豚，亮闪闪像翠鸟的翅膀。她旁边站着个老头儿，穿黑色燕尾服戴黑色高筒帽。他们身后的串珠门帘儿向两旁拉开，暴露出一个阴蓝森然的内部。老头儿向台下聚集的人群欠下身来，贼眼儿扫视着我们的脸。

"谁有胆量进入时空穿梭机？"他大声问。

那个女人则在一旁媚笑。

"谁能应付这趟发现之旅？"她问，"谁能想象出将有什么发现？"

我脸朝上盯着她。爸爸把手搂在我的腰上，把我往前推。那个女人的目光和我的对视了一下，接着继续移动。

那个男的举着一块闪亮的黑石头，在我们眼前摇晃。

"这是从月亮上带回来的一块石头。"他告诉我们。

然后他举起一片弯曲的黄铜。

"这是古罗马军队百人队长的一块胸甲。"他大声宣传。

他又出示一块带框的牌匾,上面刻满莫名其妙的古文字。

"这是九千年前的文字。"他神秘兮兮地小声说。

他把腰弯得离观众更近。

"下一个旅行者将给我们带回什么呢?我们神奇的博物馆将会增添什么新的奇观呢?"

她又和我四目相对了,她朝我俯身过来。

"谁将和科里娜一道在时空穿梭机里旅行?"

人群里爆发出笑声。几个小孩叫道:"我!我!"爸爸的大手几乎盖住我的后腰。"你上去,"他对我耳语,"你上去!"

科里娜露齿而笑,又把身子俯下来。

"你吗?"她问,"这位小帅哥吗?"

她朝我伸过手来。我发现自己的手被她握住了,我发现自己走上了台。我听见爸爸在我身后哈哈笑并且大声说:"别忘了我哟!"

在台上那两个人夹住了我。男的面对我,抓住我的双肩,然后两手顺着我的两臂溜下去,直到我的两腰为止。"管我叫莫洛克好了。"他说,他目光深深地注视我。他问我叫什么名字,在哪儿上学。我轻声回答他的问题,科里娜则握住我的双手,鼓励我要勇敢。

"你很聪明吧?"他问,"你能记住显示给你看的东西吧?"

我点点头。我的脑袋在胀大,我听到从人群里传来笑声和开玩笑的声音。我瞅着时空穿梭机洞开的门帘。

"你的理想抱负是什么？"莫洛克问。

我倒吸了一口凉气，感到一阵晕眩。

"是快乐。"我回答。

"快乐！那你的梦想是什么呢？"他又问，"你的愿景是什么呢？在你年轻的生涯里，已经发生过什么奇迹呢？"

我瞪着台下的爸爸。他也大眼儿瞪小眼儿地瞪着我，分明是在催促我快回答。

科里娜摸摸我的脸蛋儿。

"勇敢点，孩子。"她小声说。

这时，我瞅见"小猫"正站在货摊那儿笑话我呢。一个戴着重镣的大胖子像熊似的穿过远处的空地。

"你的梦想是什么？"莫洛克又问。

"见上帝，"我小声回答，"见小天使飞翔。我想上天堂下地狱。我想见到死去的耶稣复活。"

莫洛克大笑起来。他拍我的背，摇晃我的手。

"看来咱们选对了人，科里娜。那就带他进去准备吧。"

她便领着我朝入口走去。

"还有谁想进去？"莫洛克大声问，"谁想见证咱们的旅行者开始这趟穿越时空的探险之旅？谁想进入我们的神奇博物馆，了解历史上探险英雄们的大无畏开拓业绩？谁愿意等着见证这个男孩儿带着他的冒险经历和回忆满载而归？"

我们走进了幽蓝阴森的内部。在我们身后，费灵的居民们开始一拥而上，争相掏钱买票，想要跟着我们进去一探究竟……

内部：一顶半透明的天篷，稻草摊开铺在草地上，一些棚架、搁板，一些箱子、匣子和橱柜，另一个低矮的舞台……最后是穿梭机本身，它是一个直立的圆柱体，又高又粗像一棵老山楂树，木头制的，涂着很厚一层的清漆。一排排垂直的灯光聚焦在它身上，五颜六色，忽亮忽灭，闪闪烁烁。还有一个像气压计的大刻度盘，左边写着"过去"，右边写着"未来"。正面有一扇弯曲的门，上面满是铜饰。还刻着几个闪亮的鎏金大字：时空穿梭机。

我想象自己将被解体，将在里面被肢解、碾碎，我的原子将四散飘落，这样我便能微妙地漫游时空，似鱼般黏滑地钻来溜去。一想到这个我就颤栗。科里娜用一条胳膊搂住我的肩膀，我闻到了她的香水味和汗味。我感觉到她胸罩的坚硬质地，然后是她的柔肩酥骨，她的乳房。她双手捧起我的下巴，轻轻吻了吻我的脸蛋儿，让我自报一下姓名。

"我们根据这几个条件来挑选我们的旅行者：他们的相貌、大脑，以及他们眼神中透出的探险欲，"她耳语道，"我会伴你全程。我会指导你该做什么、该说什么。"

她又吻吻我。

"一切都会顺利的。无论我们带你去哪儿，都会很精彩。"

这时莫洛克领着观众走进来，她赶紧竖起一根指头压住我的嘴唇。

他们聚拢在我们面前，个个喜笑颜开。爸爸也在人群的后面大笑。莫洛克再次站在我旁边,并对众人说,他能感觉到我很有劲儿。

"你是要未来还是过去?"他问我。

我目光探询爸爸的意见。

"未来吧。"我说。

莫洛克推动舞台上的一根拉杆儿,机器开始转动,在几个小脚轮上隆隆作响。灯光开始打得更急,闪烁得更加迅速。然后他把杆儿拉回来,机器随之慢慢停下来。他直视我的眼睛,说他能感觉到我已做好准备进行惊人的探险。然后他按下那个大刻度盘旁边的一个按钮。

"带他进去吧,科里娜,"他说,"领他通向未来。"

她领着我走向门槛儿。

莫洛克握握我的手,亲亲科里娜的面颊,然后转向人群。

"趁着这男孩儿漫游时空的当儿,我将带领各位参观我们的博物馆。科里娜,领他进去吧。"

她打开门,领我进去。我回头瞧人群,他们全都热切地瞅着我们。爸爸朝我挥手。门滑动关上,外墙开始转动。科里娜咯咯笑起来。

"就在这儿。"她边说边打开另一扇门,轻轻把我推进去。

这是个方方的小房间,一个安静祥和的地方。墙上有黄色的衬垫,一把填了衬料的长椅,满满一书架的书籍。木头门上胡乱刻写着许多名字和日期,在衬垫之间的木料上也是如此。天花板上镶嵌着磨砂玻璃,蓝色的光线透过它倾洒下来。我和她并肩坐在长椅上。我俩的大腿挨着,押直的脚碰触着对面的墙壁。我振作精神,听着时空穿梭机在一头扎进时间隧道后,外壳发出的隆隆声。

"等咱们返回后,"科里娜说,"莫洛克先生和观众将问你一些问题。你一定很想知道如何回答吧?"

她伸手去够我们头顶上的那个书架,取下来一个文件夹,封皮上写着《未来事物的形状》。她把它摊开在我俩相挨的膝头上,哗啦哗啦地翻起来。里头净是些照片啦,图画啦,影视截图啦……有火箭、飞碟什么的,还有市民们在树荫下散步,等等。我看到科里娜的手指甲剪得秃秃的,露出嫩肉,还看到她的白嫩大腿从网眼儿紧身裤的每个洞里都露出肉来。她的一只胳膊搂着我,对我柔声细语。

"你一定要跟他们说,你到了一座大城市里。周围全是摩天大楼。人们穿着柔软光滑的绸缎长袍,以微型飞行器代步。你要跟他们说,在未来人们只需一眨眼工夫就能飞到别的星球上去。一切家务琐事都由机器人代劳。所有疑难杂症、不治之症均被攻克。人性中的一切狼性都被驯服,文明战胜野蛮,人们将不知战争为何物。我们将用心灵感应术来沟通交流。我们将开始与死者进行真正的灵魂接触。我们所有人都将很容易地进行时空穿越式的旅行。"

她把我的下巴捧在她掌心里。

"是的,"她说,"我们选对了人。听好了啊,你还要这么说……"

我凝视着她的眼睛,屏息静听,很快就被她那些空洞无奇的描述搞得很失望。我开始走神,想外面的爸爸,还想到了我早逝的大姐。我想到了尘世及天使，想到了那些能变成灰尘的盐渍泥浆。我感到她的腿紧挨着我的腿。我把目光从她的目光里移开。我寻找蜂雀的形象，还一一读着刻在穿梭机木质内壁上的各个名字。它们组成了一个层层叠叠交错复杂的字母和数字的网。那些新近刻上去的还清晰可辨，它们下面的就模糊不清了。有些很久以前就写在上面的还被重写了多次。它们成了一些刻在木头纹理上的残迹、片段，读不出什么意义了。

科里娜又摩挲我的脸蛋儿。

"没错，"她告诉我，"你也能把你的名字加上去。"

她递给我一把小刻刀，我把自己的名字刻在那些不认识的姓名的旁边。我写下我的名字，写下我写下我的名字的那个地方的名字，写下我写下我的名字的那一年的名字。我的手指抚玩那些字母，追寻我记忆的线索。

科里娜再次把我揽过去。

"这是你的啦。"她说。

她掌心上有几枚硬币。她搂紧了我，她居然亲我的嘴唇。她把那些硬币塞进我的手掌。

"没错，是你的了。我知道你会回答得很精彩，所以这是给你的奖励。"

她抚摸我的脸颊，轻触我的嘴唇。

"保守咱俩的秘密，"她说，"你可以夜里来我家。"

她微笑着。我把脸靠在她的肩膀上。我向下窥视她双乳间的暗影。

· 数星星 ·

"我说真的呢,"她对我耳语,"你可以来看我。"她笑了。"你愿意吗?"

我点点头。我咬着下嘴唇,吸入她的香水味,她的汗味。我听到她的心跳伴着时空穿梭机的隆隆作响。

"一切都会很精彩,"她耳语道,"保守咱俩的秘密,回答好别人的提问。现在我来测验你一下。咱俩刚才去哪儿了?咱俩都看到什么了?"

我答得很好。她咧嘴笑了,还鼓掌了。

"什么东西将被打败?"她小声问。

"死神。"我回答。

我把脸搁在她的胸脯上,就这样待了好长时间。她喏喏说我是个勇敢的孩子,是个完美的时空旅行家。我几乎睡着。我开始做梦。我梦见我老爸撞碎一切阻碍,和我并肩飞向未来。然后科里娜给我看一个玻璃宽颈瓶,里面装满泥土。我打开瓶盖,伸进几个手指搓捻泥土,感受里头的粗砂,还有细沙。没有任何活物在里面。

"这是咱们带回来的小小纪念,"她说,"来自遥远未来的泥土。"

不久,时空穿梭机便开始减速,载着我们返回费灵河滩,时间是五月初,我父亲去世的前一年……

科里娜、莫洛克和我,我们又站在了那一小群观众面前,头上是那顶蓝色的天篷。爸爸笑得合不拢嘴。我们出示了那瓶泥土,允许观众把手指伸进去探秘。他们连珠炮似的提问把我的头都搞大了。在莫洛克和科里娜的协助下，我尽力回答。我们去到了一个大都市。那里没有失业，人人都有工作，且假日多得数不胜数。群星之间的距离似乎近得就像国家之间的距离那样。我们深得宗教之真谛，亲见圣灵于万物之中发光。是的，我们人人都能穿越时空旅行。没错，到那时我们的确会喜不自胜。最后，莫洛克用胳膊搂住我的肩膀说，这孩子已经筋疲力尽了。他宣布此次活动圆满结束。他对人群说，你们已经见证了奇迹的时刻，现在可以走啦。人们离开，交头接耳，嘀嘀咕咕，嗤嗤笑着，心知肚明。爸爸等着我们从舞台上走下来。

"我小时候也坐过时空穿梭机。"他说。

莫洛克微笑着。

"哈！那是在我父亲那个时代。也是在科里娜的母亲那个时代。"

科里娜亲亲我。她对我耳语："别忘了啊，来找我。"

莫洛克把那瓶泥土送去博物馆。科里娜等着我们离开。

我们走出去，外面天已黑。

又一个大帐篷，一个女人身披多层纱罩招展腰肢。她撩开一扇门帘不松手，露出黑幽幽的内部。她头顶上有块广告牌，展示莎洛美的传奇之舞。

"小猫"又在朝我们尖叫："四十二！四十二！"

爸爸问："你见到我的名字在那上面吗？"

我搜寻我的记忆，眼前又出现那一大片姓名、地点、日期。

他大笑，用胳膊肘杵我，朝空中吐烟圈儿。

"关键是我的名字在那上面,虽然现在可能分辨不出来了。"

我看到许多人都瞅着我,毕竟我是刚在时空穿梭机里旅行过的那个男孩儿。

外面,那个戴镣铐的男人还在那儿,站在草地上行乞,面前摆着一顶帽子,里面装满零钱。他在几个围观者前面手舞足蹈。

走到那棵山楂树下面时,我俩驻足,仰望那些吱吱叫的小鸟,这时我似乎见到了天主的形状。

一边走着,爸爸一边看着我微笑。

"这么说来,你很享受那个机器啦?"

他哈哈大笑。

"保密啊,行不行?别忘了。"

翌日上午,爸爸领着女孩子们去费灵河滩。我待在家里做点杂事。我把我鞋盒里的鸟蛋重新摆了一遍,把爸爸年轻时搜集、保留的鸟蛋盒一一打开。我把过去的鸟蛋和现在的鸟蛋配对儿:乌鸫配乌鸫,八哥配八哥,云雀配云雀,鹪鹩配鹪鹩。我觉得它们之间好像也没有什么区别。妈妈瞅着我忙活,问我又有什么烦恼了。阳光透过窗子洒在我们身上。我想问她关于她自己的身体蛋的组成和丧失的情况。我想问她空虚是什么感觉?我们周围的天使是怎么回事?我想问她一窝鸟蛋为什么总在三枚以上?

我俩的目光穿过明亮翻腾的尘埃注视着彼此。她触摸我的脸蛋儿,微笑着。我们都不知道今年是我爸去世的前一年。

我爸他们在下午中间时候回来了。她们笑谈那座"死神之屋",

笑谈里面鬼影幢幢、蝙蝠横行。她们谈到骑着骆驼穿越河滩。她们还见到一个男人,把烤肉串儿的扦子穿过自己的面颊,吓死人了!她们还说那个叫"小猫"的小女孩儿知道我们所有人的年龄。我们一点点啃着椰肉,吸吮它的汁。柯林穿着黄衬衫走过来和我们坐在一起。他告诉我们,昨天夜里他骑着那个跳华尔兹舞的人遁入远方的黑暗。他手指在桌上敲出一个飞快的节奏,边敲边唱着一支疯狂的歌。

之后,我躺在花园里,躺在耀眼的日光下。爸爸在棚架和花坛那儿干活儿,眼睛还不断地往我这儿瞅。乌鸫叼着食物飞进树篱。我用手指头捻着干土,幻想着全世界都慢慢变成尘土,并为白天开始转暗而感到心颤。

夕阳西下时,我站在花园门前。我很想被载运穿越时空,回到那棵山楂树上,回到我头一次掏鸟窝的那段时光。我很想被载回到那个遥远的窝,该故去的都已故去,我们当晚辈的全都重聚团圆。爸爸站在我旁边,他的手搂在我的腰上,轻轻拥着我前行。他微笑着送我上路,他知道这趟差使有必要,但注定要徒劳而返。我朝山下走去,穿过越聚越浓的夜色。我听到了远方齿轮与引擎转动的轰鸣。等我来到河滩后,我才了解到那个车队已经继续前行了,那个莫洛克、那个科里娜和那台时空穿梭机已经走掉了。我站在那棵山楂树下,看见其他几个人影在台地的边缘活动。此时我明白了,我只是当夜聚集在费灵河滩上的几个失望的影子之一。

芭芭拉的照片

我们的大姐芭芭拉本来照相就不多。她去世之后，某个好心肠的主儿拿走了她所有的照片，一张不留。从此它们就不知去向，从来没有还回来。也许全被毁掉了也未可知。

我好像还记得她有一张照片，是坐在一个摆在沙丘上的柳条摇篮里照的，地点是阿伦茅斯。她的周围全是沙子和滨草（一种生于海滩可防沙的野草），不远处就是大海。我们妈妈的双腿，穿着闪光的长袜和结实的鞋子，从相片的一边伸进画面；还可以看到她坐在上面的毛毯的边缘。芭芭拉从摇篮里伸出小手小脚，冲着拍照者——应该就是我们的爸爸——咯咯地笑。不过，这张照片在我脑子里和另一张照片搞混了，后者是玛丽的一张相似的照片，她是我们的二姐，她在那另一张照片里很可能是坐在同一张柳条摇篮里，只不过底下垫的不是黄沙而是绿草，不是近海而是就在海边，地点是南希尔兹。可是，就在我写下这些文字的时候，我还吃不准这第二张照片是不是也让我给记混了？是不是它是我们兄弟姊妹中最小的那个玛格丽特——而不是玛丽——的照片？她也照过一张小胳膊小腿儿伸出摇篮的照片。

那是很久远的事了。芭芭拉在世时我们还都很小，我们中有几个甚至还没有出生。这么多年来，记忆、梦想、希望、想象全都掺和在一起了。脑子里已不可能真实还原我们这位已故的大姐。怎么可能呢？

现在我最多见到的是一个小姑娘，映在瑟尔梅尔那座墙壁外部嵌满小石子的灰泥房子的窗户里。她坐在婴儿车里，眼巴巴地盼着我放学回家。每见到我出现在街道上，从窗户下面经过，进到家门里的时候，她都会一下挺直身子，使劲拍着小手，欢笑，欢笑，没有其他什么事让她这么高兴。

我觉得，她的照片全部返还也不是没有可能，她的形象在我们脑子里的清晰度也将由此大幅度上升——尽管眼下我们谁都不指望这个。

我们每个孩子都有自己看她的方式。

我们将继续回忆她，各自自创她的形象，直到永远。

约拿达

约拿达是我们的爷爷祖居的地方,是个比廷巴克图更遥不可及的地方。

"您要去哪儿?"我们会问他。

"约拿达。"他会这样回答。

"您去过哪儿?"

"约拿达。"

"可是约拿达到底在哪儿呢?"

"在廷巴克图。"

我在地理课本的地图上见过廷巴克图。它在非洲大沙漠深处,很小,异域风情十足,从距离它最近的城镇骑骆驼,顶着烈日炎炎走一个星期,才能到达那里。可是约拿达却在地图册的索引里找不到,哪儿也找不到它,它是个杜撰出来的地方。有人编造出它来吓唬我们,不让我们质疑,不让我们出声。

在学校里,我们一课接一课地学习世界历史。我们给大英帝国各个残留的殖民地上色,我们寻踪那些伟大探险家的探索路线,我们追寻那些传教士和圣徒的踪迹,我们把那些被征服和被改教的地方一一标注出来。我们研究那些高山大河,了解那些大城市的人口族群分布,了解山川平原、江河海洋的名称。我们研究爱斯基摩人、俾格米人、阿拉伯人、印第安人的生活方式。我们还窥探文明以外的世界、荒夷酷热的沙漠、寒冷光秃的冰原、野性十足的蛮族……

然后，在某个学期，林奇小姐到来了，我们的学习随即转移到家中。她是个娇小的女人，开一辆娇小的白色菲亚特牌轿车，耳垂儿上一边吊着一个银耳坠。我们在礼拜仪式上看着她不跟大家一起祷告。我们坐在长椅上躬身弯腰，偷看她的双腿。她告诉我们，我们（英国）处在全球地理的中心，我们是全部人类史的焦点。她还说，我们生长在最好的时代，风调雨顺，天时地利人和。若换到不到一百年前，我们就会爬煤矿的坑道玩儿呢。因此我们负有时代责任、历史使命，要认清我们的地位，好推动历史不断前进。

她在她的书桌上摊开几张地图，叫我们过去围着她站成一圈。我们惊讶地看到地图上印着我们街道的名称。我们用手指戳戳点点我们自己的房屋和花园。我们用手指在地图上寻根溯源，划过那些熟悉的巷子、街道、公园、游乐场。我们定位那些古战场、竞技场、足球场。我们追寻公交路线和铁路线，横贯盖茨黑德，经过许多桥梁，进入纽卡斯尔。林奇小姐指给我们看那些向下直通煤田的井筒，还指给我们看那些造船厂。我们在地图上眼瞅着泰恩河弯弯曲曲地流入北海。当我在紧邻费灵边界的地方找到用很小的字母标出的"约拿达小路"以及随后的"约拿达"本身时，我屏住了呼吸，停止了搜寻：就是它，那个坐落在泰恩河畔的小地方。

林奇小姐把这张地图钉在墙上，我在它下面坐好，开始画我的路线图。我仔细标注那些我必须走的熟悉的街道，有教区长路、奇尔赛德路、快速路、桑德兰路。我还画了休沃思的墓地和纪念花园的草图。我还把以下地方都标注出来：我穿过铁道线的地方，那条走出费灵、进入佩洛、最后向下进入无名荒地的支路，直至走到我纸页的最下边，那里就是我用彩色蜡笔画的蓝蓝的泰恩河。至此，我来到了我的路线图上那个最遥远和最异域的地方，它的名字我在心里一个劲儿地被念叨：约拿达，约拿达，约拿达。

林奇小姐走到我身边，冲我微笑。

"你的图做得很好。"

"谢啦，小姐。"

她的眼睫毛又黑又弯，嘴唇上抹着淡淡的口红。

"你是出身费灵的？"

"是的，小姐。"

我把我们在科德威尔公园的家指给她看，还把我们曾住过的其他地方指给她看：费灵广场，瑟尔梅尔，又是费灵广场。我把我们祖辈在埃尔丁新月街和教区长路的住处也指给她看了。

"你家族的祖先住在哪儿呢？"

"这我就不知道了，小姐。"

她又微笑起来。

"你应该了解这些方面，"她说，"你应该把你的发现都记录下来，否则这些记忆就失传了。"

她在我们中间梭巡。她老是回到我身边，看着我画，铅笔跟着我的手指在地图上移动所画出的形状，上下左右比画着。

"你是不能理解啦，"她说，"当你在你的出生地旧地重游时，你实际上是在重游你自己。"

我在那个星期六早上出发了。我把面包、奶酪、水果什么的塞进挎包里,把地图、笔记本什么的也随身带上。我对我父母说,林奇小姐说啦,我有责任去了解我的祖先,因此我要去探索几个小时。

"就在费灵。"我说。

他们哈哈大笑,说我大活人一个,丢不了的。

在我就要走出花园的时候,凯瑟琳在后面叫住了我。

"你去哪儿?"

我扭头冲她咧嘴笑笑。

"去约拿达。"我说。

我走在教区长路上面,老远瞅见爷爷正站在他的窗前向外张望。他招手叫我过去,我朝他挥手走过去。我大声说我要去约拿达,但知道他肯定听不见。时下是早春,奇尔赛德路边的树下开满了报春花(藏红花)。昨夜雨骤风急,道边片片水积,今日风和日丽,吹干阵阵涟漪。不远处的泰恩河水流淌在两岸之间波光粼粼,岸上的塔吊和仓库鳞次栉比。远在地平线上的大海墨黑如绿。当我拐上快速路时,听见有人喊我的名字。我转身并朝着我的一个姑姑挥手,她俩是双胞胎,那么远我也认不出哪个是哪个。我在休沃思横穿过那条支路,走上高高的钢架桥,在上面停了一会儿,感受车辆在脚下通过时产生的震颤。我俯瞰脚下的那片墓园,努力想要找出我们大姐芭芭拉的坟墓，并且试图重温对她生前的点滴回忆。我在佩洛也驻足了一会儿，站在路边那些林立的高楼的阴影里，它们都是气派的CWS的办公大楼，从里面传出来打印机的轧轧声。我啃了一点面包奶酪，瞅着陌生的面孔们从我身边经过。我看看地图，接着走，在"比尔·奎"公园朝左拐，转上一条突然朝下直通向泰恩河畔的街道。这儿有几排有露台的房子，一个酒吧前有一块废弃的空地，然后就是大片的河滩，对岸则是座座船坞，那些大船足有旁边的圣帕特里克教堂那么高。在一座低矮的仓库或车间的墙壁上，我见到了那块小小的白色路牌，上面用黑字写着"约拿达路"。这条小路年久失修，柏油碎石的路面坑坑洼洼，满是污黑的雨后积水。坡面上杂草丛生，盖着一些破旧的建筑。我沿着这条小路向下走，它通向一片开阔地，一小片原生态的坡地，通向河边有六英尺的落差。然后便是岸边的工厂、车间、仓库、工房鳞次栉比，一路绵延到纽卡斯尔市郊的那座大拱桥。

三匹小马被拴在树桩上，低着头在吃草。一个男孩儿和一个女孩儿坐在一堆石头上，面对大河。他们身边燃烧着一小堆火，烟升起来，懒懒地扭入晴空。一条杂种狗脖子上套着绳索，绳索又被套在石块上。它狂吠起来，那两个小孩儿扭头看到了我。他俩更紧地靠在一起，低声说着什么，然后大笑。

"他是谁？"男孩儿问。

他俩又笑起来，转过身来面对我。

"他是谁？"男孩儿重复道。

他俩手里攥着长棍儿，像攥着长矛，"矛头"尖尖的，烧焦了。

两人腰带上还别着刀鞘。

那男孩儿手执"长矛"冲我直戳,当然是隔空的。

"安格瓦!"他大叫,"说话!"

那女孩儿也横眉怒目,那条狗又"汪汪"起来。

"这儿是约拿达吗?"我问。

"不明白。"

他俩大笑。

那男孩儿喊道:"还不滚回家!"

我站着一动不动。

那女孩儿拔刀出鞘,大拇指抹着刀刃。那男孩儿撩起他的衬衫,指着自己身上一条伤疤给我看,那是条斜穿他胃部右侧直到他腰部的大伤疤。

"这是她用她的刀子划的,"他叫道,"明白吗?"

"明白。"我点头说。

"她可暴脾气呢。你敢碰她一下,你就完了。你从哪儿来呀?"

我回身指着山那边的费灵。

"你的老乡都在哪儿?"

我又指着那个方向。

他俩会意地相视而笑。

"他是单独一个人。"

女孩儿又在刀刃上蹭起大拇指来。

我和他们互相打量起来。

他俩都是金发碧眼,年龄比我大一点。卷毛,面相凶悍。穿着牛仔裤，坏掉的鞋子，撕破的衬衫。一个平底锅和一个水壶摆在他们生的火堆周围的焦土上。石堆上还放着鼓鼓囊囊的双肩包和卷起来的毯子。目光越过他俩望过去，能望见从一条造了一半的轮船的船壳上龇出电焊的火花。焊枪和焊条噼噼啪啪的声音、工人干活儿互相招呼的喊声，在水面上回响。给这些声音垫底的，是机器引擎发出的没完没了的哼哼声。河水散发出难闻的气味。

我站在原地，没觉得害怕。

"这里是约拿达吗？"我又问。

我从口袋里掏出干酪啃着。

"瞧他还带吃的呢。"那男孩儿说。他舞着捅火棍儿示意我过去。"安格瓦！安格瓦！"

我扯了扯肩上的包，朝他俩走过去。我给他俩看面包、奶酪和水果，蹲在他俩面前。

"你们就住在这儿吗？"我问。

他俩笑起来，男孩儿自豪地一跺脚。

"这里是神圣的土地。"他说着把捅火棍儿往地里一插。

他伸出手去，拿过来一些食物。他掰下来一块干酪递给那个女孩儿。他指指我，又指指那些吃的，邀请我加入他俩。那女孩儿咯咯笑起来。

"很好。"他说。他又指了指一块石头说："你坐那儿，伙计。"

我吃着面包奶酪，用我的小刀剖开一个石榴，给了他俩一人一块。

"你俩是兄妹吧。"我说。

她又咯咯笑起来。

"是我们先民的后代，"他说，"你跑这儿来干吗？"

我耸耸肩。

"看看而已。"

"参观圣地。"

"你们住这儿吗？"

"许多太阳，许多月亮，她和我。她很狂暴，你要当心。"

他把脸扭开了。女孩儿用指尖仔细地把石榴籽抠出来吃。她抬起眼皮盯着我，并冲我吐舌头。

"这儿很危险，"他说，"常有坏人出没。夜里我们见到鬼魂儿在水上舞蹈。有时候还有狗崽子来，在暗处盯着我们。"

"狗崽子？"

"就是女人和狗生的孩子。他们的手脚很像爪子，后背上长毛，嚎叫声就像婴儿啼哭。生火可以让他们离开，我们祖宗的灵魂也会赶来守护我们，"他举起捅火棍儿，"伙计，这地方对你来说很危险，也许你该回家了。"

她又抬起了眼睫毛瞅我，点头赞同。我低头看地图。

"这里就是约拿达。"我说。

我在笔记本里画过这一带的草图：荒野，石阵，断垣残壁。我临摹过四周那些胡乱刻画在石头上的粗画或粗刻，类似现在的涂鸦：许多几百年前的姓名和日期。我想起了林奇小姐，还在脑海中幻想出一个定居点，有房舍、磨坊、农庄，石墙圈出一片草场，牛羊肥壮；还有一段防波堤从约拿达通向水边。

"你们是从哪儿来的?"我问。

他沉吟了一下。

"你问题也忒多了点,"他朝远方地平线一挥胳膊说,"远着呢,伙计。"

"你们来这儿多久了?"

他皱皱眉头,从自己耳根子上取下一截捏扁的烟屁股,凑到火上点燃,放到嘴里抽了一口。然后把它递给那姑娘。

"坏人会来这儿,想把她从我身边抢走。我们夜里离开这里,带来了几匹马。我们骑马走了好几天才来到这个神圣的地方。"

他又扭开脸,他俩大笑。

"我们杀了好几个,"他说,"我们的刀上血迹斑斑。我们可是很野蛮的主儿。"

我正要多问几个问题的时候,他又把他的衬衫掀了起来,给我看他的那条伤疤。

"阑尾炎吧。"我小声说。

他手里握着刀向我欠过身来。

"那你受过什么罪,伙计?你流过什么血?你遭受过什么痛苦?"

我想了一下自己的身体,除了膝盖上的那些小擦伤,浑身上下几乎没有疤痕。我呼吸通畅,心跳均匀。哪儿都没问题。我耸耸肩。

"什么也没有。"

他一脸轻蔑地说:"安格瓦。"

然后他扭脸对那女孩儿说:"给他瞅瞅。"

她把头发往后撩,露出一条愈合的大伤口横跨太阳穴。她又撩起自己的套头衫,露出后腰那儿有一块烧伤过的疤痕,很难看。她身上还分散着几处烧伤的小疤痕,看上去是近期才有的。

她碧眼圆睁盯着我。

"看到了吧。"他说。

"出什么事了?"我问。

他朝我挥挥刀。

"你问题忒多了吧,摸摸这把刀。"他说。

我用指尖触了触刀刃,很锋利,想割破什么都很容易。

"看到了吧。"他说。

"看到了。"

"危险无处不在,伙计。你以为自己很安全,可危险说来就来。你为什么来这儿?"

"观光,游览。"

"哈!哈!"

他拉开岩石上一个挎包的拉锁,从里面掏出一本书,《男孩子的印第安人知识读本》。在它的硬封皮上印刷着一个赤裸胸膛的勇敢小伙儿,骑在一匹飞奔的小马背上。里面的书页已经开始褪色变白,发硬发脆。褪了色的插图和文字描述印第安人部落、大平原,以及在白人到来之前土著人过着的自由自在、无忧无虑的生活。有不少英勇彪悍的印第安人的照片。还有许多牛群、美国印第安人的村落、他们的圆锥形帐篷、凶悍的酋长,美丽的印第安女人在奶孩子。

"这就是我们的族群。"那男孩儿说。

我瞅着女孩儿,她吐吐舌头。他又冲我挥刀。我点点头。

"伙计,原来你是来这儿游览的。"

他站起身来,拽着我的肩膀,领我走到通向河边的最后一个陡坡。我们在崖边蹲下,黑幽幽的河水就在我们身下缓慢地流过,黏糊糊、油滋滋的水面载着垃圾废弃物。水线以上的烂泥溜滑泛光,七彩如虹的油渍也在河面上微漾。再往上,裸露出的泥土皲裂而多痕。他弯腰下蹲,使劲抠泥土,抠出一块薄薄的骨骼碎片。

"这里有我们祖先的骨头,我们要时刻守护他们。这里是块圣地。"

他站起身来,合手指向约拿达的土地。

"这里埋有我们先民的忠骨。在这里,不定什么地方埋着我们的父亲,不定什么地方葬着我们的母亲。"坐在石堆上的女孩儿时而吃吃笑,时而咯咯笑。男孩儿把那块骨片托在掌心里。"也许这是母亲的一点遗骨,也许是父亲的。也许来自久远的年代,也许来自古代。"他朝火堆走去,把这骨片高举过头。他数次嘴里念念有词,跺着脚,时而唧唧咕咕,时而哭哭啼啼。他的嗓门越提越高,最后号啕大哭。嗣后他安静了,坐在他姐妹旁。她又吐吐舌头。

"现在你一边儿待着去吧,伙计。"他对我说。

她点头赞同,变化唇形无声地重复着他的话:一边待着去。

他丢下那块骨片。狗冲它爬过去,开始舔它。

男孩儿和女孩儿又互相依偎在一起,并旁若无人地相互凝视。

他点燃另一个烟屁股，两人轮流抽起来。

我用目光勾画着他俩。我凝视着远方的城市，看到巨型建筑塔吊雄踞楼顶之上缓慢转动着吊臂，看到车流在阳光下忽闪着穿行过大桥，看到世界每时每刻都在消逝之物的基础上被创新再造。

"我知道有个人，他死了。"我说。

但他俩正沉浸在二人世界里。我幻想着跟踪他俩，进入他俩的静默天地，一步步跟着穿行而过。另一趟小小的旅行，另一个约拿达。

"我知道有个人葬在地下。"我说。

姑娘扭过身来。

"在哪儿？"小伙子问。

我指着身后的山顶："就在那儿，山上。"

"哈！在山上。"

我朝他俩走过去，在他俩旁边的一块石头上坐下。

"那山上也有块平地，上面全是人。"我说。

小伙子点头。

"哪儿都有建在尸骨之上的地方。"

姑娘把香烟递给我，我吸了一口，顿时感到头晕，我又吸了一口。

我站起在石块上，那堆熄灭的火在我的脚下。我跺脚，嘴里嘟嘟囔囔。我骂骂咧咧，唉声叹气，姑娘见状咯咯地笑个不止。我用手捂住嘴巴，抱怨连连。那条狗也汪汪狂吠。男孩儿走到我身边，也跟着跺脚和叫骂。最后姑娘也加入进来，她用双臂环绕着灰烬，仰脸望天。我们一起围住那堆灰烬，尖叫、狂呼、呐喊。

这一切结束之后，我们又坐在石头上。那姑娘坐在我身旁。我在我的本里写道："今天我去了约拿达。"我闭上双眼，陶醉在宁静之中。沉默良久之后，她小声说："对，这里就是约拿达。"又沉默良久之后，她轻声道："我们牵着小马来这儿吃草。"

她依偎在我身上。

"天气好的时候，我们就露宿在外，"她对我耳语，"我们家就在不远处。"

她的胸脯随着她的深呼吸起伏。

"你的家人很善良吧。"她说。

"对。"

"写写你的家人。"

我写下了他们的名字：爸爸的，妈妈的，姐妹的，弟弟的。

"再把那个去世的写一下。"

我写下她的名字：芭芭拉。

"再把我们的写一下。"

"你们是谁呀？"

"约翰和珍妮。"

我写下他们的名字。

"那你们家人是谁呀？"我问。

"我们的爸爸死了，然后我们的妈妈也死了。现在我们和另一个人生活在一起，这个人很坏。"

那男孩儿一直沉默着，这时他手执刀子跪在我们面前。他抓住我们的大拇指,在指尖的肉上划破一点点,挤出一点血来。然后他划破自己的大拇指。我们几个人把伤口贴在一起。

"现在我们是兄弟姐妹了,"他说,"我们的血脉相通了。"

这话让我们都深思起来。

"总有一天,我们的刀下会血流成河,"女孩儿说,"我们将飞身上马奔赴战场。"

我不再问什么了。我们坐在一起。河边的滩地很宁静,远处船坞上干活儿的工人互相招呼着。电焊的火花飞散入水。

"我想过,我会在某一天死去。"她说。

她扭过头去。我们一起把目光挪向约拿达小路,见到在那些破败的建筑下面,那个黑影似在等待。

"没什么,"她嗫嚅道,"别瞅我。什么也别问。"

过了一会儿,她亲了一下我的脸。

我想起了林奇小姐,想起了我还要继续前行。我想起了我那葬在休沃思的姐姐。我想到了那块刻着她名字的墓碑,以及它下面等着其他名字刻上去的空间。我想到了经她而过,爬山回家,穿过熟悉的街道,路过张张熟悉的脸……可我却油然产生了今天要待在约拿达的强烈欲望,然后才走掉,同这两个可爱的孩子及其小马和狗狗走入那些未知的地方。

微妙的身体

吻过十字架回来的时候，我爱上了特蕾莎。

那是个耶稣受难日（复活节前的星期五）的下午。圣帕特里克教堂挤得满满当当，婴儿们尖声哭闹，老太太们愁眉苦脸地哼哼唧唧。圣殿里充斥着烧香味、汗味和呼出来的啤酒味。教士们的声音，低沉如祷告，微颤如唱歌。他们一遍遍宣讲死亡、地狱、沉沦什么的。天色越来越暗，越来越暗。一场暴风裹挟着冰雹从北海隆隆而至。

我扭动坐在硬长椅上的屁股，心想"再也不来了，再也不来了"。

我和米克·法兰纳里在一起，他年仅十一岁时就接受了将来当神父的培养。两个月前他们把他打发回家了，这下可好啦，他玩了命似的要把过去失去的快乐时光找回来。正是这个米克发现并盯上了特蕾莎。当时我们正拖着脚走向圣坛，唱诗班正哼哼着《哦，圣心！》。

"灯芯绒的套裙，乌黑的秀发，"他喘息着耳语，"真可爱。"

她正走在回来的路上，一条连披肩的黑头纱从她头上披挂下来。

"天使啊！"他呻吟道，"她是谁？"

不知道，一个谜。当奥马霍尼神父把十字架伸过来的时候，我低下头去亲吻那根刺穿耶稣足部的大黑铁钉。

吻过十字架回来的时候,我看见她坐在我们后面几排的地方,她很虔诚地低垂着眉眼。

神父布道说,基督是穿越死亡后开始他的生命之旅的,他像我们所有人那样会起死回生,升上云天;他会像我们所有人那样衣锦还乡,携更大的荣耀回归。

我不住地回头。

她注意到了我,抬起深邃的黑眼睛瞅我。我的心属于她了。

完事后,我俩在暮色中躲在圣帕特里克教堂的雕像后面,等着她出来。她和一个我认识的姑娘在一起,后者不是叫玛丽就是叫玛丽亚,住在休沃思那一带。我俩跟踪她俩,先朝费灵广场走去,然后朝水磨坊小街走去,那里树木参天,街灯昏黄的光线透过春叶撒在路上。

"咱们怎么办?"米克问。

我拔腿朝她们跑过去。

玛丽亚一下子抱紧特蕾莎。

"你想干吗?"她问我。

"我刚才在教堂看到你,"我对特蕾莎说,我结巴、气喘起来,"还从、从没见过那、那么美丽的女孩儿。"

"她叫特蕾莎,"玛丽亚说,"是我的表妹。她从温雷顿来。"

"和我一块儿玩吧。"我说。

米克在我身后划着了一根火柴。

"她过来是陪我的。"玛丽亚说。

"咱们一块儿玩吧,"我说,"你们和我。还有米克。"

她俩搂在一起,耳语着,咯咯笑着。然后特蕾莎走近我,她的灯芯绒裙褶蹭着我的手背,她的体香和她呼吸的甘味我都闻到了。

"那就明天吧,"她小声说,"同一时间,就在这儿。"

说完她俩就走了,高跟鞋咯嗒咯嗒地穿过树荫。

我的手背麻酥酥的,我的情绪亢奋。

"谢天谢地。"米克说。

"阿门,阿门。"

那时候我爸还没去世。他对我说,我是世上最得天独厚的一代中的一员,堪称前无古人后无来者。天下就没有我不能做的事。什么都拦不住我前进的脚步。那时候,我们常常一起站在花园里,他给我们聊战争的事,聊战争是如何毁了他那一代人。他还说一个伟大的解放时代已经到来了。他说他理解我的那些怀疑:信仰危机,身体发育期的复杂和烦恼,我的各种向往和困惑,脑洞大开后的迷茫……他说他自己也面临以前从没体验过的各种诱惑和可能性。

妈妈每次对我怀疑我们的宗教信仰都只能难过地哭,可是爸爸却每每对我小声说:"探索你自己的路,你需要走多远就走多远。"

每每这种时刻他都温柔地搂着我。

"只是别把你老爸老妈扔下不管了,你会需要我们满怀父母之爱等着你回来的。"

接着他会询问我们读书的事,这时我们就会笑起来。他心里明白图书馆已经开始取代教堂的地位。

图书馆就坐落在费灵广场边上的一片绿地里,那里是个典型的面子工程。我从里面借出来一堆堆海明威、劳伦斯,等等;还有一些花花绿绿的新名字,参照了图书馆文学部的"推荐新书单"。我在狂热的状态下一口气读完了《荒地》和《诗篇》。我能背诵迪兰·托马斯和史迪威·史密斯的篇章。我扫荡了"灵异小说"的书架。我贪婪地阅读了有关超自然神秘现象的书籍,浏览那些让人心痒难挠的描述:自燃,放电引起的辉光,心灵运输,敲击作响、搞恶作剧的鬼,人间蒸发现象……我把瑜伽书籍借回家,翻开支在卧室地板上,模仿上面的各种姿势。我在两张床之间打坐、默想,试图升华到某种更高的境界。

我还一直在读人体灵肉方面的书:身体形态,灵魂形态,介于这两者之间有一个星体,兼容这两种形态的基本元素。这个星体可以由强者居住,这些人如天马行空,超越物质世界在星空翱翔。我也要像天马行空。我想学必不可少的咒语,以便顺从神秘的天律。可是那些参考书却那么隐晦而含糊,叙述都那么情绪化,没有什么辅导意义。

然后我就发现了 T. 洛桑·朗巴,他是我异国他乡的副本,另一个我,是我的导游。他是个来自中国西藏的喇嘛,他在《第三只眼》中展示的拉萨地图简直就是费灵的绝妙翻版。当我走过费灵广场的时候,我总想象着自己正走过布达拉宫;在费灵公地闲逛的时候,我就想象着自己正在罗布林卡闲逛,边逛边朝拉萨河眺望,一如我眺望泰恩河那样。

·数星星·

洛桑教导我，天下其实无秘密，解密唯靠想象力。带着怦怦狂跳的心，我读了他的书，它是那么激动人心，那么有亲和力：

> 当你独自躺在你的床上时，请保持心静。想象你正在轻轻地脱离你的肉体（灵魂出窍）。想象你正在形成一个与你的肉身正好对应的另一副你的躯体，且这躯体正轻飘飘地浮动在你的肉身之上。你将体验到一种轻轻的摇摆，一种轻微的升沉。你丝毫不用害怕。没什么好怕的。你只要保持心静，就将发现你刚获得自由的灵魂随你逐渐浮升起来，直至飘移到几码开外。这时你可以朝下看你自己，看你自己的肉身。你将看到你的肉身与你的灵魂体被一根闪亮的银索连结起来，这根银索生机勃勃。只要你心无杂念、思想单纯，任何伤害就都不会近到你身。

我读上面这段的时候，爸爸正和我一起待在起居室里。他冲着封面上的那三只眼睛和那些雪山微笑。他像以前常做的那样给我讲缅甸的往事，讲那里潮湿闷热，丛林发出恶臭，以及惊恐万状的日本鬼子。

"我见过一次喜马拉雅山脉，"他说，"和一个助手休假时去的。向北一连跑好多天。一天夜里来到不知什么地方的一个车站，我们坐在月台上等，身边有好多印度人，从头到脚裹着毯子。沿铁道不远的地方生着一堆火，熊熊燃烧，当地人吹着笛子，一个姑娘载歌载舞。我老止不住地想你妈妈，想家乡费灵，想回家。我不住地打盹儿,梦见自己在家里,真真切切在家里,然后猛然惊醒。天亮了,太阳升起来了,立刻就酷热难耐,太阳像是喷出火舌,热辣辣的,田野在热浪蒸腾,铁道在光焰四射。蓦地,喜马拉雅山脉惊现眼前,铺天盖地,惟此为大。白雪皑皑,冰莹剔透,静若星辰,美冠寰宇。群峰顿时吸引住你的目光,使它再也无法挪开。然后火车来了,噪声打破了宁静,我们踏上了归程。"

他猛吸一口烟,咳嗽起来,然后又绽开笑脸。

"我老说要回到那里。也许是中国西藏,也许是尼泊尔……也许你们也会去那儿。"

我接着读下去。

    如果你设想一件事足够心诚,并持之以恒,你就能实现它。

"嘿,要知道那里远不止这些。也许你们真该去看看。"

可是我办不到。干扰太多,心不够诚,念不够纯,想象力不够丰富。夜复一夜我尝试凝神静气。我时常感觉那一刻在沉浮:我有处在打破枷锁奔向自由的节点上的时候。我曾想象自己天马行空,鸟瞰大地上的费灵,只见灯光排排沿街闪烁,公园绿地浓荫遮蔽、连接成片,泰恩河在夜色中忽闪忽闪发出幽光。我想象自己到中国西藏旅行,奔向那些皑皑雪峰,那些翱翔的苍鹰,那些辉煌的宫殿,那些用作祈祷的劈啪作响、迎风招展的旗帜。我还幻想着那根闪亮的银索伸回到躺在床上的肉身。不过这些都是我的幻想而已，实际上我每夜躺在床上想到的都是那些我熟知的东西：那座小房子，那片黑暗，爸爸的鼾声，我的一个妹妹在睡梦中说着梦话……

可在耶稣受难节那天，特蕾莎却搅乱了我通常的幻想，她的黑秀发和黑秀眼、她的妩媚和她的呼吸，以及我对明天的期盼，这些都搅得我坐卧不宁。

米克和我站在树荫下。薄雾中，我俩朝着路灯呼出白色的雾气。

"跟我讲讲咱们父辈的故事吧。"我说。

"你为什么老想知道那些呢？"他问。

"难道还有什么你不能讲的吗？"

"你是说秘密吗？"

"是秘密。他们教给你的秘密，他们给你看的秘密。"

"我们那会儿整天全是拉丁语，"他说，"他们给我们讲非洲和疟疾的事，他们讲起地狱来没完没了。他们给我们演示如何躺在床上，做出祷告的姿态。我们必须沉思默想我们的结局，并且超脱尘世，升入天堂。"

"那你们是怎么做的呢？"

"而我们聊的全是姑娘，我们整天想的也全是姑娘。"

他的目光好像从父辈时代移回到现实，眼神里仍然野火未消。

"他们讯问我们的梦想。他们搜查我们的抽屉，公开看我们的通信。他们可真邪恶，伙计。"

她俩没有如约前来。我俩扫视一座座建筑，寻找门灯下那些表示天主教徒之家的圣心团花图案。我俩骂骂咧咧，还亵渎神灵。后来我们看到一扇大门微开，光线从门框里面透出来，演奏音乐的声音也传出来。我俩走进大门。

米克抓紧我的胳膊。

"那个漂亮的归你了，"他说，"她瞅你的那种眼神儿我可是看得一清二楚。另一个归我，明白？"

我透过灯光朝里窥探，目光扫过那个圣心团花图案的侧面。从里面传出"云雾罗宾逊"和"奇迹乐队"的歌声。

"她俩一定在这儿。"米克说。他开始叩门。

传来匆忙的脚步声和笑声，然后是玛丽亚朝这边探视。

"你们干吗呢？"她问。

"你们说好了要来的。"

"你怎么知道我们不去？"

"我们等老半天了。"

"难道我们不值得你们等吗？"

"那我们可要进去啦。"

这时特蕾莎走过来，站在门口。

"他俩想进来呢。"玛丽亚笑道。

她吃吃笑着，让我们进去了。我看见基督为我们敞开胸膛。我嗅着特蕾莎的气味，感觉到她的手触碰着我的手。

"没别人吗？"米克问。

玛丽亚笑了。

·数星星·

"他们全去守夜啦。"

我们喝了味道像是弥撒圣酒的雪利酒。两个女孩儿坐在一张沙发上,我和米克坐在两张软椅上。"云雾罗宾逊"唱完了,电唱机转盘上响起《诱惑》。壁炉上摆着一尊圣处女玛丽亚的雕像,石膏小天使们飞过墙壁。我们把香烟的灰烬故意弹落在烟灰缸的缸沿儿上。特蕾莎大谈文拉顿,那个在费灵那边的山区城镇。那里野蛮得很,男孩儿们成天在街上打架。为了能到这儿来,她盘算了好几个星期。

"不过我在这儿不能待久。"她盯着我的眼睛说。

米克丢下我,走到沙发坐下,伸手搂住玛丽亚。博娜黛特微笑着把灯灭掉,来到我身边,我俩接吻。

"我一直盼着你来。"她小声说道。

我俩又接吻。

"你别害怕啊!"她说。

我恍觉自己飘浮起来,漫游房间的空中,俯瞰我俩的肉体在我身下的扶手椅上搅成一团。

"你安静点儿。"特蕾莎耳语道。

我两只手在她身上一通摩挲。

"你别过分啊!"她细语。

我俩躺平,叹气。

"真高兴,见你来到教堂,"她喏嚅道,"你也信他么?"

"他是谁?"

"上帝呀、原罪啦、天使啦、地狱和天堂啦、灵与肉啦、十字架啦,等等。还有他起死回生,复活升上天堂。"

"我不信。"

"我也不信。"

"你喜欢我的身体吗?"她接着小声问。

我叹了口气,心里小鹿乱撞。

"喜欢,"我说,"不过我也相信星体。"

"星体?"

"它们就像灵魂那样。你游离出你自己,似灵魂出窍,在星际遨游。我说的是真的,你只需发挥想象就是了。"

她吃吃窃笑。

"就是想象嘛,"我说,"闭上你的眼睛。幻想着咱俩一起从椅子上飘身而起,然后朝下看咱俩的肉身。展开想象的翅膀,就能幻想成真。就真能发生。"

"我还真就飘浮起来啦。"她嘟哝道。

一时间还真像这么回事。我们感觉到了洛桑说过的那种摇摆,然后从椅子上飘然上升。我俩紧搂着对方,接吻。就在这时,玛丽亚招呼了。

"嘿,你俩干吗呢,"她咯咯笑着说,"醒醒劲儿,快回到现实中来吧。咱们该走啦。"

我们四个人全都来到夜的街道上。特蕾莎身子紧贴着我走着。

我向她讲了洛桑、西藏、喜马拉雅山……那些事。

走在路灯下,我俩的呼吸愈加急促和粗重。我俩的嘴唇全都那么温软。遇到守夜归来的家庭路过我们,我们就躲进阴影里等一下。最后玛丽亚说她们必须回家了。特蕾莎赶紧把我拉进一片浓荫,我俩在里头又是一通吻。

我和米克穿过薄雾朝费灵广场走去。我仍能闻到她的体香,感觉到她的肌肤,听到她的气息在我耳畔鸣响。米克兴奋得微微颤抖、蹦蹦跳跳。

"哇哦,"他一个劲儿地感叹,"哇哦。你进展到多远?"

我微笑着:"很远。"

"哇哦,很远啊。"

我俩先在喷泉旁边抽了一颗烟,然后分道走进黑暗,各回各家各找各妈。

"你没去守夜吗?"我一踏进家门,妈妈就问。

我低头看着地面。

"你的信仰才是你最宝贵的东西啊!"她提醒道。

"这我明白。"

我肯定他们闻到了我身上散发的特蕾莎的气味。我凝视着家里的圣徒和天使小雕像,壁炉架上摆着一小堆《玫瑰经》。

"刚才我还说起你在俱乐部里的那个西藏人呢,"爸爸说,"他好像是个挤奶工,一辈子脚都没有踏出过爱尔兰一步。"

"这我见到了,虽然没人能肯定这点。"

他咧嘴笑了。

"他才是你真正在乎的呀。"

"没错。"

那天夜里,我梦见自己飞过费灵,特蕾莎张开双臂欢迎我,我俩的身体缠绵在一起,就像呼吸在雾中混在一起那样,也像天使应该做的那样,也像星体一定是的那样。

复活节的早晨:空空的墓穴,升天的躯体,死神的失败,我们所有人的复活。我们身着春装,阳光透过窗子洒满殿堂。米克坐在我旁边,特蕾莎近在咫尺。每当我扭头看她,她的目光都是那么温暖。

神父取出圣体和圣血。我们垂下眼睛,米克小声念叨着玛丽亚。在圣坛的栏杆前,我下跪在特蕾莎身旁。

"咱们过一会儿就走,"她小声说,"咱们离开这些人。"

说完她张开嘴巴,等着圣餐入口。

"好的。"我小声回答。

我们仰头闭眼张嘴,等待耶稣基督的圣体被摁压在我们的舌头上。

之后,我跪在地上,头前倾垂下以示感恩。我叫米克把玛丽亚也带到什么地方去,他咧开嘴笑了。

"好嘞,"他小声说,"然后咱们再聚一块儿对不?瞧瞧咱们能走多远。"

她在院子里正等着我呢,我们侧身穿过刚解散的会众。就在我们快要走出去的时候,有人轻拍我的肩膀,我扭头一看是爸爸,正冲着我们微笑。

"谁是你的朋友啊?"他问。

"特蕾莎，"我回答，"她是玛丽亚的表姐，从文拉顿来的。"

他同她握握手。我站着不说话，他和蔼地笑着，抓住我的肩膀，既像是把持住我，又像是把我往外推。

"那就继续吧，"他说，"走你自己的路吧，儿子。"

我们手拉手走在大街上，并且穿过广场。周围气象万千：天高云淡，碧空如洗，光色潋滟。我们走上费灵河岸，两岸建筑鳞次栉比。儿童在隐秘的花园里尖声玩耍。我领着她走上"风脊"，这是条斜坡梯田状的街道，近前有许多供出租的小块田地，远处有大片的游乐场。从园丁生的火堆那边飘来烧劈柴的烟味儿。阳光照在裸露的土地上，早春的花儿已经开放。园丁们弓腰劳作，触摸花蕾，边整理花坛菜地边聊天。太阳在温室上方照耀。特蕾莎赞叹说这里可真美啊，堪比国外的某处胜景。一家子一家子的人在野地里漫步，男孩子们都在玩足球。我手指朝下，指向我家的房顶，指向玛丽亚的圣所，指向圣帕特里克教堂的塔尖。我们指点山河，手指沿着闪亮的河水穿过城市的河岸，指向远方幽蓝的大海。地平线那边十分寂寥，十分澄澈。我问她看不看书，她说她爱读现代诗歌和法国小说。她还想了解俄罗斯文学。她说总有一天她要自己写小说，但不写文拉顿。我向她介绍史迪威·史密斯和劳伦斯。我跟她说一定要读读《第三只眼》，一定要了解洛桑，了解他的家庭、他受教育的情况，以及他超自然的力量是如何被唤醒的。我们还聊了天下大事和自家琐事。我们路过了废弃的煤矿，矿井的断垣残壁，以及战争遗留下来的水泥炮台的遗迹。我们还走上一条从田野通向石南山的小径。漫山遍野都是野水仙花，欧洲蕨和其他蕨尽数铺陈。水塘里有团团卵泡,串串植物的菌丝。金雀花蕊的鹅黄,山楂花蕊的嫩白。

我俩俯卧在青草茵茵的山坡上,俯瞰眼底的一切。我俩还并肩面朝上躺着,仰望云团飘移、变形。从天空传来云雀的妙鸣,自身却隐遁于无形。

"咱俩现在能狂想一切。"我说。

接着是一通热吻。

"还能想走多远就走多远。"她说。

于是我俩吻呀吻呀。我俩严丝合缝地紧搂,两个身体微妙地贴合。我俩摇滚、起落、晃动、离合……然后开始灵魂出窍,阳光为浴,草坡作床,缠绵在一起。

在广告牌后面

斯托克跟在我们屁股后面已经好几天了,我们谁也不知道这是为什么。肯定是有人正在散播关于我们的谣言,而且谎话连篇。我们总共有四个人:米基、塔什、库特和我。我们敢保证没做过任何错事,没说过任何错话。

"可现实就是这样,"塔什说,"你犯不着跟他较真儿。他要相信什么就随他相信去好了,所以他才那么疯狂。"

今天早上我们在费灵河滩踢球时,米基老远瞅见了他,正牵着他的狗从老羊栏那边走过来。

"别让人看出你们想跑,"他对我们说,"赶紧带球过人玩儿。"

我们回头张望远处威灵顿大街旁的那些新公寓楼。斯托克穿过田地径直朝我们这个方向走来,他的狗套着紧绷绷的链条跟在他身旁。

"他也许不知道是我们。"库特说。

我们边玩儿球边盯着他。刚一觉得出了斯托克的视线,我们撒丫子就跑。跑到广场上,我们爬到广告牌后面躲起来,等着他走过去。

库特已经难受得哭起来了。他跪在广告牌下面的烂泥和垃圾中,泪水从他眼里哗哗流下来。

"他割过马尔科姆·洛威尔的舌头,"他说,"他强迫他吐出舌头,然后在他舌尖上划了一道口子。完了他对他说:'你这个搬弄是非的混蛋,别再造我的谣。下次再让我抓住就把你舌头割掉。'"

他用手捂住他的嘴,抽泣,喘着粗气。

"他要是朝我们过来了怎么办?"他说。

我们不知说什么好。我们面面相觑,然后观察这个地方。这里是介于一排高大的广告牌与多贝仓库的高墙之间的一个狭小的地方。犯傻了不是——唯一的出路就是我们进来的这条路。

"他要是进来怎么办?"库特说。

塔什掏出他的小刀,用大拇指刮着刀刃。

"闭嘴!"他说,"不然我先把你做了。"

可是我们知道库特言之有理。就在我们刚要落荒而逃之际,我们瞅见斯托克从楼群里冒出来。我们赶紧又藏身,连大气都不敢喘一下。库特开始喋喋不休地向圣母祈祷,直到塔什用刀尖指着他的喉咙。

"你住嘴,库特。狗能听到你的声音,你的害怕它能闻到。"

我感觉自己浑身哆嗦,心跳得很厉害。我的掌心汗津津的。随着斯托克和那条狗走过路口,我一直盯着那个顶住库特白皙皮肤的刀尖。

库特的祷告开始在我脑瓜里回响。

赞美圣母玛利亚,满怀慈悲的……

库特是个私生子。我们原来不知道这个词是什么意思,直到我们发现库特的真相。他妈妈年轻漂亮但很傻,是个男的就能轻易把她骗走。曾有个男的和她母子俩住在一起，但他不是库特的爸爸，库特的妈妈也不是他的老婆。据说那男的是个海员，说好等他出海回来后就和她结婚，可结局就像我们小时候常听大人讲的那样，没有结局。我们被告知要为她母子俩祈祷，可是就连我们这样的也都看得出，任凭怎样救助他们都于事无补了。

和我们所有人一样，库特也是个圣坛助手（举行弥撒时协助神父的侍者）。他是在耶稣受难日当侍僧时获得他这个外号的。当时蜡烛点着了他的头发，他尖叫着逃出圣坛。一个教士追着他跑进小礼拜堂，紧紧揪住他质问：你凭什么用这种方式玷污圣事？比我们大几岁的塔什听到这儿大笑道：这是地狱之火的一次预警之访。从此库特的脑壳儿上就留下来大片秃斑，也是他以后被称为"库特"（Coot，白骨头顶的鸟类，秃头、笨蛋、傻瓜等意思。——译者注）的原因所在。他起先会气愤地抱怨，叫我们不要这样称呼他，但很快也就逆来顺受了。他明白有些事情是无力回天的，只能消怨顺命。

现在他没事儿了。他从他妈那儿弄来香烟，和我们一块儿分享。他也不介意我们来到他住的街上逛游，只是为了瞅一眼他那有名的妈妈。他身上有种神秘的气场，让你忍不住想和他说话。当我的小姐姐去世的时候，他是唯一把胳膊搭在我肩上跟我说他很难过的人。

米基拿着一包"花花公子"牌香烟和我们分享。我们确保把烟圈儿吹向正上方，好让它们无形地从广告牌顶上飘散。我们正靠着多贝仓库的墙壁坐着。我们是斜倚在墙上的,这样才能透过格栅看到广场。我们清楚再过一会儿就可能看不到了。斯托克正坐在中间的一张长椅上,他让狗贪婪地轻轻啃咬他的手指,我们甚至在这么远的距离——大约三十码开外——都能看清它的哈喇子在往外冒并且流下来。

我们慢慢镇静下来,胆子也壮了一些。米基伸出手指朝上,小声说:"斯托克,你快点滚吧。"塔什背靠广告牌撒尿,边撒边说用尿淹死那条狗。我们还互相做小测验,看谁还记得广告牌正面写的是什么。塔什说其中一个是为彼得·斯图伊维森特做的广告。米基说他记得有一个穿紧身衣的女人,但他没在意她在推销什么。

"是'奥妙'洗衣粉,"库特说,"'洗得更白,去除污渍'。"

塔什对他说你出去睁大狗眼看清楚再说。这让库特很尴尬,呵呵笑着。

然后我们又不出声了,因为此时一个老头儿在附近一张长椅上坐了下来。他正在吃一块迈耶尔牌的糕饼。他也牵着一条狗,一条拉塞尔犬,只见它歪着脑袋朝我们这边的广告牌瞧,好像听到了我们似的。

我们坐在那儿不敢出声,瞪着往来的车辆和行人,看到一些熟悉的面孔经过广场。时而我们会嘟哝出一个姓名,或者迅速下个判断:他是个猥琐的老饭桶;都说她不久就得死;瞧那双美腿长得,啧啧。

斯托克就像钉在那儿了似的。

这里从来都没有明亮的光线,而且寸草不生。地面干燥多灰尘，到处是破烂的香烟盒、烟头、碎砖、从墙上脱落下来的干灰泥、石子……很快，库特又絮叨开了他的祈祷。当他注意到我们都在听他祈祷时，他便说只有法蒂玛的圣母玛丽亚才是唯一我们要祈祷的主。她只出现在孩子们面前，他说。塔什扑哧笑出声来，说她不就是圣安德鲁教堂里的那尊雕像所象征的神吗，你都能隐约看出她衣服下面的肉体。库特咬着手指甲，什么都说不出来。米基现在又举着香烟盒给大家发烟，每一根都是干干的，抽起来就像在吸尘土。

塔什打量着库特。

"他还是那样深信不疑，"他说，"不知何时他才能看破这一切。"

"他为什么总是那样阴险地跟着咱们呢？"米基话题一转，问道。

塔什在他的牛仔裤上来回蹭着他的小刀刃。

"咱们有四个人，他才一个人。难道四个还打不过一个吗？"他说。可我们心里都明白这是没用的，他也很清楚这一点。

"主啊，"他嗫嚅道，"快帮助我们吧。"他把小刀捅进地里，轻声大笑。"库特，把你的舌头伸出来吧。"他小声说。

这时我们瞧见奥马霍尼神父正急匆匆地穿过广场，他穿着那身镶黑边儿的圣袍。

"又有人死翘翘了。"米基说。

库特摇着头，用手指在胸前画十字。

我们看着那个老头儿把吃剩下的一点饼喂给了他的狗。

"我饿死啦,"我说,"库特,你溜出去给我们买块饼呗。"

我看到库特急出了眼泪,就碰碰他的胳膊。

"斯托克,你快点儿滚吧。"我小声说。

"我们哪儿得罪过他呢?"我问。

我们商量对策,比如突然冲出去四散而逃,但是我们都清楚这没用,谁都不想当那个被抓住的人。

"也许咱们都搞错了,"库特说,"也许他压根儿就没跟踪我们。"

"那你出去好啦,"塔什说,然后坏笑着,"你出去呀,蹿出去呀。"

他瞅着库特,一边在皮带上蹭着刀刃。

"你干吗看到他痛苦你就开心?"我问。

塔什耸耸肩膀,啐口吐沫。

"因为他是私生子,而我什么事没有。"

他又坏笑。

"我没说错吧,库特?"他问。

库特闭上眼睛,嘴唇嚅动着默祷。

"跟我们讲讲你爹吧,"塔什说,"他也是该死的私生子吗?"

米基这时发嘘声叫我们安静,用手指着那条拉塞尔犬,只见它正对着我们,眼睛和耳朵都处于警觉的样子。更远处,斯托克倒没什么动静,他的狗依着他躺卧在长椅上。太阳无精打采地照着地上的一切。

"告诉我们,"塔什说,语气柔和了一些,"讲讲你的故事,库特。告诉我们你从哪儿来,你要去哪儿。告诉我们真相,而不是你以前散播的谎言。"

"塔什!"我小声制止他。

"干吗?"他问。

我盯着这些广告牌,想回忆起它们上面画的是什么。我还试着猜测斯托克可能会对我们说的什么话起怒。我还想起了马尔科姆·洛威尔舌头的故事,心里明白它是真事。我亲眼见过他舌头上那道治愈的划伤,那是他伸出舌头让神父给他喂圣餐的时候。我就搞不明白,我们到底做错说错了什么得罪了斯托克;还有现在怎么办?我发现自己的嘴唇几乎是自动地嚅动,口中振振有辞,祈求圣母从中调停。

"没准儿库特说得对,"我咕哝着,"也许斯托克压根儿就没跟踪我们。"

其他人都没表示异议。我们沉默了良久、良久,直到库特又呜呜哭起来。

"我没有说谎,"他说,"我以前总是相信别人对我说的一切,也总是相信我自己说的一切。我是那么深信不疑,所以甚至连他说话的样子也都记得。我好似眼前晃着他的长相,我仿佛听见了他的声音。我记得小时候和他在一起的情形,我记得他在场时我是多么高兴。可后来我发现我错了,我没办法回忆过去,但我没有撒谎。"

我们等着,我们听着外面的车辆和脚步声。

"他没讲实话。"最终塔什说。

他在皮带上蹭着小刀,啐了口吐沫。

"她一直想保守秘密,"库特说,"她不想让我因为她的过去而遭受痛苦。"

"秘密?!"塔什说。

"是的!"库特说,"秘密。甚至连我们的法蒂玛圣母都有秘密,有些事情不得不保守秘密,有些事情只能让孩子知道。"

这时米基又发出嘘声让大家别说话。那条拉塞尔犬站起来了,使劲拖自己的狗绳。我们盯着斯托克,他倒没什么动静,还是那么酷酷的。

"那现在呢?"塔什小声问,"还秘而不宣吗?当他过来和她在一起时,她起来干什么?你起来干什么,库特?"

"塔什,看在天主分上!"我小声说。

他用小刀尖指着库特的喉咙。

"总有一天他会结束浪迹天涯,"库特说,"那时他就会和她结婚,他就会成为我爸。我知道他会的。"

"你怎么知道的?你看到啦?"塔什说,"就像你见到第一个幸福的小家庭。就像你一直撒着那些谎。"

那条拉塞尔犬开始狂吠,拽着绳索奔突。那个老头儿也瞪眼冲着我们这边瞅。

"库特,你是不是也在一直散播有关斯托克的谣言?"塔什问。

库特惊得直喘,然后大声否认。

"把你的舌头伸出来,库特。"塔什说。

库特瞅着我,然后推开我,冲出广告牌之间的空隙。

我们在尘土中趴下,透过格栅向外张望,只见库特快速地穿过广场。我们看见斯托克酷酷地从长椅上站了起来,拽住狗绳不让它前冲。他和狗跟着库特朝老羊栏方向走去。

我们静静地又等了一会儿,然后才溜出去。我们并没有互相瞅瞅,就分开各回各家了。我快步上山朝家走去。刚才走出广场后我曾放慢了脚步,我的心跳也随之柔缓了许多,呼吸也更顺畅了。克服了愧疚,我已然开始感觉到快乐。

小鸡们

他看着我笨拙地穿过一垄垄生菜朝他走过去。他像以往那样靠着温室的墙坐着依旧身穿他的斜纹哔叽布套服,头戴他的布帽,抽着他的烟斗。他会一直保持这个样子一辈子的。他会一直听着乌鸫和云雀的鸣唱,梦幻着、守望着、等待着。现在他俯身向前,抬起一只手,抵着温室的木框子,磕掉烟斗中的灰烬,并且绽开笑脸。

"看样子你的假日开了一个好头哦?"

我在他身旁的砖堆上坐下,这些砖头靠着亮闪闪的温室,好多年没人搬动了。我懒洋洋地倚着温暖的温室玻璃,鼻子嗅着熟悉的烟草和泥土的气味。

"美好至极。"我嗫嚅道。

"嗯,"他说,"那个大小子也要来吗?"

我耸耸肩不置可否,柯林还在睡懒觉呢。

"西红柿快熟了吧?"我问,他又绽开了笑脸。

"还没有。不过有些晚茬儿的小鸡孵出来了,去瞅瞅。"

第一道门打开了,我们钻进一个黑暗而散发着霉味儿的内部。龟裂的地面上乱摆着工具和盆盆罐罐,还有一些盛着混合肥料和煤炭的大口袋。生锈的器皿挂在墙壁上,好像很多年没有碰一下了。屋角里摆着几个空空的老鼠夹子。我摸索着路穿过各种障碍,然后打开了温室自身的门,进入突然而至的明亮与温暖之中,呼吸着西红柿的香甜气味。我来到一个大纸箱面前,把一只手伸进去。我冲着里面的细微唧唧叫声和抓挠我皮肤的纤细小爪大笑起来。我拾起一只小鸡,把鲜艳鹅黄的它捧到我的面前。

"能把这只给我吗?"我问。

他大笑。

"怎么不能?拿着吧。"他说。

我细细看着它,它会长得很快的。它将会是又一只毛绒绒、没形状、在鸡舍里挪来挪去、叽叽喳喳叫的小东西。他摸着我的脸蛋儿,我们沉默了片刻,然后他才问:"你妈妈还好吧?"

"她还好。她想要一颗生菜,如果这儿有的话。"

"有的是。还有花儿送给她,你自己拿吧。"

我把小鸡放回纸箱,然后俯身去看,看还能不能把这小黄鸟从那么多只同类中认出来。

出了屋,我走到生菜地旁蹲下去,感觉到他的目光盯住了我。

"把你家那个大小子也带过来玩儿吧。"他说。

"好。"我说。

我感到他在抚摸我的肩膀,还听到他的嘟囔:

"是个好小伙儿。没错,好小伙儿。"

我们费力地走进菊花丛,割下一大把菊花,用报纸包好,然后他把我送走,拿着这些礼物捎给他唯一的女儿。

从花园到我家房子要走一小段路。先走狭窄的风脊道,然后走教区长路,后者有很宽的路肩(马路牙子)和枝条垂挂的树木;然后拐进通向我们那片房子的巷子。街道上铺满尘土,一层薄阳照在暗红色的墙壁上,在窗玻璃上闪烁。阳光投射形成的阴影黑黢黢的,并且有棱有角。

"你这是去哪儿呀?"

我左右张望,见到肯和特里·哈金森站在他们家门口。我扭过头去继续赶路。

"你刚才去哪儿了呀?"

我没理他们,不想和他们有任何瓜葛。叫我的那个叫肯,是他俩中的老大,他老是在这一片儿遛跶,像个大人似的假模假式,所有小孩子都知道——但理解不了——有关他的那些肮脏传闻。我接着走路,直到听见身后人行道上传来他们的声音。

"嘿,肯,"特里说,"瞧,他拿着花儿!"

"嗯,他拿着花儿。"肯说。

柯林跟我说过,遇到这种情况千万别跑。我转过身去,但特里已经一把抓住了我的包裹,并让菊花和生菜散落了一地。我扑过去抓他,但肯站在他的一边,竟然用他的尖头黑皮靴去踩碾那些花骨朵,把它们碾得稀烂。他还踢那颗生菜,把它踢爆,碎叶散布一地。

完了他用手指指着我的眼睛恶狠狠地说:

"下次跟你说话时,别他娘的不知好歹地不理我们。明白吗?"

"花园里有的是花儿,"妈妈安慰我,"别让那帮混球给你添烦恼。"

·数星星·

我走上楼去,见柯林还赖在床上不起。他让我把他的牛仔裤从门那儿递给他。我把牛仔裤扔给他,然后坐在窗台上,随手翻阅起一本足球杂志来。与此同时,他躺在床上,骂骂咧咧地努力把牛仔裤的窄裤腿穿进自己的脚跟。

"今天去花园吗?"我问。

他缩缩肩膀,他有可能去。他走到衣橱,穿上他的黄衬衫,对着镜子臭美了一番。我开始跟他讲刚才在街上发生的事情。他转过身来,有人竟敢欺负他的弟弟。你是在哪儿遇见他们的?我回答得含含糊糊,我可不想要报复他们。如果柯林现在和我一起回到那里,就有可能在半道儿上撞见他们。然后他转身再次面对镜子,并说以后再说这事儿。

"你先回去吧,"他说,"咱们以后再收拾哈金森他们不迟。"

我爷爷从嘴里抽出烟斗,朝地上狠狠啐了一口吐沫。哈金森那哥儿俩从来就是两无赖。地里生菜有的是,别在乎那一颗。他微笑着抚摸我的脸蛋儿,没什么可烦恼的。

"那么,他是不来喽。"他说。

上午很平静地过去了。我给母鸡喂食,给它们梳理羽毛、清扫鸡舍,临时把它们关进温室的硬纸板格子中去。我们还一起给一块韭菜地浇水、除草。中午天热了,他让我去商店买饮料。我俩分享一瓶,先抹抹瓶口再把它举到我们的唇边。看到这饮料居然让我爷爷的皮肤出了汗,我不禁扭脸偷笑起来。密密的汗珠排列站在他扣紧的衣领上,还如涓涓细流从他紧扣的便帽下面蜿蜒淌下。

当远方工厂的汽笛嗷嗷响起来的时候，我惊呼怎么一个上午这么快就过去了。

"对呀，"他说，"很快你就要上新学校了。"

"我不要。"我说，并听出我的声音突然颤抖起来。

我们在园子门口告别。

"那就下午再见啰？"他说。

我点点头。

"好嘞。"

他转身穿过田地朝俱乐部走去，他常在那儿和一帮老朋友度过一两个钟头。我抱着一捧新花儿，腋下夹着一颗生菜，回家去了。

下午骄阳似火，大地热气氤氲。孩子们在园子里玩，在马路牙子上耍，在小树的稀疏树荫下闹。家家前门都敞开，老人戴着遮阳帽坐在他们房侧的树荫下。许多花园里都有婴儿车，车篷扯起来遮阳，铬合金的饰物闪闪发亮。从家家厨房里还飘出做午饭的香味，油脂煮沸冒泡发出的嘶嘶声，锅碗瓢盆碰撞发出的哐当声。我加快脚步往家赶，直到我自己的声音加入到这居家生活的交响曲中。

我四下张望，扬起手臂给眼睛搭凉棚。少来啦——我看见柯林竟然和哈金森哥儿俩坐在一起，在他们家的外面。见到我，他站起身朝我走过来。他伸手搂住我的肩膀，还笨重地用手拽着我走了几步。他的黄衬衫袖子又硬又脆，蹭在我身上很不舒服。

"我跟他们谈过那事儿了，"他说，"其实也没什么大不了的。他们不会再那样干了。"

· 数星星 ·

我试图挣脱他。

"你回家吗?"我问他。

他拽着我不撒手。这是肯也过来了,他也把手搭在我的肩上。

"对不起啊,"他说,"我们道歉啦。我们当时就是胡闹而已啦。"

我无话可说,扭头看着居民们来来往往,各回各家吃午饭。远望,只见路面宛若一汪油闪闪的黑水池。其他人的声音都压得很低,像在低声进行热烈的讨论。这时柯林说道:

"和我们待一会儿吧。过来,和我们一块儿。"

他把我抓得更紧,特里跑过来加入我们。

"我们也去吗?"他问。

"对,"肯说,"他已经走了。"

我们离开了这片住宅区,穿过教区长路,走进狭窄的风脊道。肯从衣袋里掏出什么东西,是个裹在牛皮纸里的长方盒子。他把它夹在拇指和食指之间,诡异地举着,好像要吊我的胃口。我想挤出一丝微笑,可是嘴角却抽搐起来,不敢和任何人的目光对视。我很想蔑视这些靠欺负人取乐的混球。可是我却什么都说不出来,只能和他们一起磕磕绊绊地走过碎石路,拿着那些花儿和那颗生菜,尽量挨近柯林。

"我们要去花园。"他说,然后目光迅速离开去看别的。

来到(划成小块出租的)副业生产基地,特里跑过去一下把门推开。肯想推着我进去,可我撑着不动。

"看鸡吗?"他问。

"没事儿,"柯林说,轻轻拽着我的胳膊,"没人知道。"

我们走了进去,特里已经在里面了。他已经发现了那箱小鸡,这会儿正在逗弄它们,哈哈笑着。我告诉他别碰它们。我举起拳头,做好了一切准备,可这时肯走了进来。

"好吧,"他说,"不折腾它们啦。"

我把那箱小鸡放回架子上,让阳光沐浴它们。我把将阳光与黑暗隔开的那道门关上。肯走向唯一的那扇窗户,把窗帘拉开。我站着旁观其他人蜷缩在一泓阳光里。肯向我们递烟,我取出一根点燃,看着自己吐出的烟圈儿连灰带尘袅袅升腾,徐徐散去。然后肯把一盒什么东西面朝上放在地板上。它的正面印刷着一个女人,身穿一件薄薄的尼龙黄衫,下摆向上卷起,不自然地露出她粉白的屁股和大腿。她扭着头,朝我们媚笑。

"该死,"柯林说,"我还以为它是香烟呢。"

肯一声嗤之以鼻,然后招呼我也坐下。

"来,让你开开眼。"

我也和他们一起蹲着,看着肯打开那个盒子,从里面取出一沓扑克牌。他开始徐缓而挑逗性地把纸牌一张张展开。随着一个个女人暴露出来,他喘着气一声声怪叫。他用手指细细地触摸那些乳房、嘴唇和屁股。我的眼睛也从中拔不出来了。我等着出现这样一个女人,她的四肢或衣服没有遮挡严,从而露出她的私处。

特里咯咯淫笑。肯也目光猥琐,呼吸加重。柯林一声不吱。我则感到身上出汗,心跳加速,嘣嘣跳得山响。我瞧着那些女人,然后抬眼环视这个暗下来的房间,瞧着那些老旧的工具,那些装肥料的口袋,那些空空的老鼠夹子。我看着灰尘衬着光幕前赴后继地降落,我听见隔壁的小鸡们扯着嗓子吱吱叫。我听到爷爷的脚步踩在门外煤渣儿路上的声音,我把我的烟卷儿踩熄在脚下的土里,看着柯林。

"柯林!"我叫他。

他点点头。

"这套把戏玩够了吧。"他说。

"怎么啦?"肯说。

柯林一把揪住了肯的脖领。

"够了,我刚说过。该走了。"

我注视着他俩,他俩对视着,一言不发,气氛紧张。我看见我哥怒目圆睁,一只攥紧的拳头抵住对方的喉咙。他的黄衬衫在昏暗的屋里几乎发光,我听到他小声的怒骂和威胁。特里急忙跑掉了。接着柯林站起身来,肯则蜷缩在地上收起纸牌。

肯离开时用脚后跟狠狠踩了一下我旁边的地面。

"胆小鬼,"他小声说,"臭告密的。"

他俩走后,我俩收拾起地上的烟头,集中起来烧掉。我们扇动温室的门通风。在回家的路上,柯林用手臂搂着我的肩膀,在半道儿的荒地上我们站住了。

"以前不知道你出了什么事儿。"他说。

"没什么大不了的。"我说。

可是我挪不开步子。我注视着人们离开街区再去上班,一排排房屋在烈日下蒸腾。附近有一只乌鸦正在啄食一个袋子里血呼啦滋的什么东西。我还不想回家呢。

我家的房子里很闷热,蒸汽腾腾的。我们的妈妈正忙着干家务,她让我们把脏衣服换掉,告诫我们别碍手碍脚地挡她的道儿。

我们坐在餐桌旁,静静地吃着软塌塌的沙拉。这时妈妈从厨房唤我过去。

"生菜带来了吗?"

我把它落在温室里了,它和那些花儿在一起,放在那箱小鸡旁边了。

"吃下午茶的时候用得着。"她说,边朝门过道儿那里走去。

我紧紧握住餐具,手攥拳使劲压住餐桌的边儿。

"它在花园里头。"我好不容易坦白。

"啊?"

我感到舌头不听使唤,笨重得好像嘴盛不下了似的。

"我把它落在花园里了。"

她连说:"你呀你……"然后俯过身来摸我的胳膊。

"没事儿,没事儿。过一会儿你再去拿吧。"

她看着我,又连声说开了"你呀你"……

"瞧你这事儿办的。"她说。

火枪手

是玛格丽特告诉我们的：玛丽走了。

那是一个星期六的上午，是我们全都牢记的那些日子中的一个，乌鸫在树篱间鸣唱，阳光洒进我们小小的后花园。我坐在后台阶上，吃着一块烤面包。凯瑟琳已经给还在楼上的妈妈端去早餐了。鬼知道柯林在哪儿。

玛格丽特在荡秋千，无精打采地前后摇摆。我见她脸上有泪，见她用自己的头发尝试抹干泪水。

"出什么事了？"我环视花园问道，"玛丽上哪儿去了？"

她无助地抽泣，差点喘不过气来。

"玛丽走了，"她说，"她跑去加入那些火枪手了。"

那些费灵火枪手。他们是一个街头团伙，来自城镇边缘，那时候这样的团伙有好几百个，每逢星期六有什么节庆，便聚在一起，从双层巴士里蜂拥而出，穿戴古罗马式的长套衫和亮闪闪的头盔，举着横幅标语游行，闹哄哄地招摇过市；前面由女孩儿们打头，迈着白嫩的大长腿，手中挥舞着（古罗马似的）权杖；此外还敲鼓、吹小笛子，搞得鼓乐喧天。为了加入他们，玛丽央求了一个夏天。她把扫帚柄用锡箔纸包上，挥舞、旋转、抛接，一练就是几个钟头。她有自己的小笛子，整天没完没了地给我们吹《Z 汽车》《波吉上校》和《她爱众生》。她会在草地上来回走正步，高抬膝，用力摆臂，头端正，眼平视，目光坚定。她有时还劝玛格丽特加入，但是我们的小妹连正常步子还走不利落，更别说正步了，只见她东倒西歪，磕磕绊绊，一个姿势保持不住，还不住地躲闪挥来舞去的笤帚把儿，并抱怨小笛子的振动刺痛她的嘴唇，于是我们便常常见到她独自含泪荡秋千。

"加入火枪手？"我问，"什么时候？"

可是玛格丽特失声了，她只是泪眼迷蒙地、无助地凝视着前方。

凯瑟琳来到我的身旁。我们倾听动静，听见妈妈缓慢的脚步声吱吱地踏在楼梯上。

"今天早上她的腿又不听使唤了，"她说，"咱们不能让她知道这事。"

"跟她说我们要出去遛遛，"我说，"跟她说我们半个小时后就回来。"

我走下台阶来到花园里，把玛格丽特从秋千上叫下来并拉住她的手。凯瑟琳进来又出去了。我们听到妈妈在身后叫我们，祝我们开心快乐，说今天真是户外活动的好天气，还说身体允许的话一定会跟我们一块儿出去。

我们走出院门，凯瑟琳用手绢揩去玛格丽特的眼泪，并且攥住她的手。我们转弯走下小山，朝费灵广场走去。

· 数星星 ·

我们沿着宽阔的马路走向广场，城镇在我们脚下绵延铺开，大河如彩练在远方闪耀。我知道我们每个人都在想念那个真正走了的姐妹：比凯瑟琳小的芭芭拉。她是那样美好纯净，乃至不能和我们生活很久，早早就被上帝唤回天堂生活了。此事发生在玛丽和玛格丽特来到世上之前，可即便是她们，也分享着她短暂生命的快乐与她不在的痛苦。此外，我也清楚，我们也在想念爸爸，他也撒手人寰了，走时那么痛苦，使我们兄弟姐妹聚在一起时便能深切感受，也使他的离世日日让我们魂系梦牵。我们手牵手、肩并肩走着，一言不发。我们明白，再一次打击引起的痛苦可能会让我们承受不了。

我们来到费灵广场后，见到了柯林。他穿着他那件格斗夹克衫，坐在"德拉格纳"咖啡馆里，和他那帮长发哥儿们抽烟、喝咖啡，手指头在餐桌上啪啦啪啦敲。摇滚乐的噪声穿过玻璃窗传出来。我们站在外面看着，有一刻我甚至着迷了，忘了去找我那跑掉的妹妹的事儿。

玛格丽特拉了拉我的手。

"我们进去叫他吗？"

"我也不知道。"

"他会把握好自己的。"

他没有看见我们，我们也没有进去。我们太年轻、胆小、害羞。

"我知道怎么办，"我说，"跟我来。"

我们急匆匆地穿过广场，经过喷泉和花圃，踏上坡度很陡的高街。就在这儿，老有男男女女高声招呼我们，他们响亮的问候充满亲情，带着我们熟悉的亲切。我们再次停下脚步，驻足在圣帕特里克教堂外面，开始在胸前画十字，并默祷天主把玛丽平安带回到我们身边。

来到山脚下，我们走过横跨铁路线的人行天桥，然后穿过台地朝着那些火枪手的地盘走去，走着走着我们开始听到他们的声音，接着终于见到了他们的身影，牛气哄哄地在绿地上走正步。那个旗手，那个舞动权杖的长腿姑娘，那一排排的孩子队形整齐地跟在后面，嘴里吹着小笛子，或者腰上系着小鼓，膝盖抬得倍儿高，腿伸得倍儿直，头抬得倍儿正，脖子抻得倍儿紧，倍儿趾高气扬。在场地边的围栏前站着许多家长，臂肘支在栏杆儿上鼓掌、喝彩。狗们汪汪乱叫，旁边场地上男孩儿们穿着号服、短裤踢足球。初学走路的小孩子们像玛格丽特那样歪歪扭扭，还尝试模仿这个方队。在场地外面的路上，两辆红色的双层大巴士在等待。

我傻了吧唧地盯着那些火枪手，细细地寻摸玛丽，就好像她已经穿上了紫衫、戴上了白头盔似的。我率领妹妹们走上前去，催促她们睁大眼睛寻找，同时觉得自己的目光时不时地转向那个挥舞权杖的女孩儿。当然啦，最先发现玛丽的还是凯瑟琳。只见她孤独一个人坐在一棵山楂树下，她的笸帚把儿躺在她身边的草地上，她的小笛子被她攥在手里。她抬起头来，看着我们走近她，尽管她的嘴唇颤动，她的眼里却充满怒火。

"他们不要我，"她说，"他们说我不能加入。"

她捶打着草地，朝着火枪手们的方向渴望地看着。他们现在正唱奏压轴的大合唱《她爱众生》，完了便摘掉头盔，在家长们的喝彩声中开始鱼贯进入那两辆大巴。

"他们要去黑本博览会。"她说。听到发动机启动的声音，她又使劲捶起草地来。"他们要去那儿争夺银杯。他们说，如果我要加入，就得让妈妈陪着我一块儿练。"于是我们全都垂下眼皮想妈妈，她由于腿病，已经好几个星期没出门了。

"那怎么行？肯定不行！"玛丽说着拾起笤帚把儿，站起身来汇入我们，"她可陪不了我。"

两辆大巴开走了，家长们也离开了场地。

"也许我能陪你，"我勉强地说，"或者柯林，或者……"

可她只是盯着我，我们明白没有希望了，我们谁都不理解她的痴迷，只有妈妈才会牺牲自己，抽空陪孩子干这种事情。我耸肩表示无奈，玛格丽特攥住玛丽的手，凯瑟琳则安慰她俩。

现在此地只剩下那些踢足球的男孩儿、那些狗，以及我们几个，还有太阳高悬，金光万丈。

"咱们走吧。"我说。我们回头，重新穿过台地，走过铁路线，回到高街。在圣帕特里克教堂，我们再次祷告，这次感恩天主把玛丽还给了我们，尽管我们看得很清楚：玛丽仍希望自己坐在那两辆双层大巴里；而且当我们"逼着"她向神父忏悔她今天的所作所为的时候，她仍不服气地怒视着我们。

在费灵广场喷泉那儿，我们驻足喝了一气，往脸上撩了撩水，并对向我们打招呼的熟人报以微笑。

"你得在花园里继续苦练，"我对玛丽说，"直到妈妈腿好了能陪你去。明白吗？"

玛丽耸耸肩，然后两手之间玩转那根笤帚把儿，使它从一只手弹跳到另一只手上去。

"他们甚至不给我机会让我展示我有多优秀。"她说。

我们接着走，只见柯林从"德拉格纳"咖啡馆里出来并朝我们走过来。

"你们几个上哪儿去了？"他问。

我们什么都不说。他打量着我们。

"出什么事啦？"

玛格丽特的眼泪又下来了。

"玛丽跑去参加那些火枪手，"她说，"我们赶去把她弄回来了。"

柯林用手把额头前的头发往后撩，然后从他的格斗服口袋里掏出香烟。他那几个哥儿们站在"德拉格纳"咖啡馆门前看着我们。他点燃了一根香烟，我们瞅着烟气从他牙缝里溢出。

"坏女孩儿，"他朝玛丽连连摇手指头，"你真是个坏女孩儿。"

玛丽垂着头，其他女孩儿都看着我。

"没错儿，"我说，"你一直就是个坏丫头，玛丽。以后你可不能再这么干了。"

我紧抿着嘴唇，我知道这样最像个父亲样儿。

"坏丫头。"我重复一遍。

柯林点头赞同我。

"以后可不能再犯了哦,"我说,"听明白没有?"

玛格丽特用胳膊肘捅捅玛丽。

"好吧,"玛丽嘟哝道,"我明白了。"

柯林把他正抽的烟伸向我。

"来两口?"

"嗯。"

我走上前,接过来猛吸一口,咳嗽起来,又吸一口,连忙呼出来。几个妹妹手拉手站成一排,看着我们,等着我们。

"看起来很糟糕,"我说,"不过让我扛过去了。"

"好小伙儿!"

我看着烟气从夹在我指间的香烟里冒出来,袅袅上升。然后又看着聚在"德拉格纳"咖啡馆门口的那帮大男孩儿,听着远处的滚石乐。

"这烟不错,"我说着又吸一口,让烟从我牙缝里溢出,然后把烟递还给柯林,"现在我得把她们领回家去了。"

"好嘞。"

可我却犹豫起来。

"也许过一会儿我还会过来。"我说。

他又把头发往后捋捋,看着我说:

"好嘞,"他说,"也许你会的。"

我们往回家走,爬上小山丘。

"你们可以组织自己的小团体呀,"我说,"你、玛格丽特,还有凯瑟琳。"

我注意观察着玛格丽特和凯瑟琳脸上的表情,抬起一根手指,说:"没错,你们明白我的意思吗?"

走进花园后,我又说:"来呀,玛丽,给她们表演一下。"

玛丽起初还是垂头丧气地站在秋千旁,绝望的目光不离开地上的草。可是最终她还是打起精神来,开始挥舞笤帚把儿,一圈儿、两圈儿,并且开始吹小笛子。

"真棒!"我说,"不过还要更带劲一点,想想那些火枪手。"

我把她们排好队,玛丽舞动扫帚柄,玛格丽特吹小笛子,凯瑟琳击掌当鼓敲。虽然最初她们的正步吊儿郎当,她们的音乐萎靡不振,情绪仍受到上午那些事的影响,另外我也明白玛格丽特很快就会重回秋千,凯瑟琳也会失掉耐心;但毕竟在眼下,她们的膝盖高抬了,她们昂首挺胸、目视前方,吹出的音乐有几句也真的像《她爱众生》。

在阳光下,我站在她们旁边,感受到把妹妹毫发无损找回来的快乐。我品尝着香烟叼在嘴里的那种诱惑人的苦味。我的心思不断回到那个挥舞权杖的女孩儿那双修长的白腿上。这时我看见妈妈待在窗前,朝外注视,满脸笑意。

"妈妈,你瞧,"我朝她喊,"她们很棒吧!"

我看到她很快乐,看到她的口型在说"对"。

"姑娘们,继续,"我说,"你们做得很棒!瞧,妈妈,她们多么赏心悦目!……"

· 数星星 ·

那是很久以前的事了。现在妈妈去世了，爸爸也在前些年就已经去世，芭芭拉也在我们中的两个出生之前就被主带去了。我们留在人间的几个，现在仍定期从各地赶来，在我们的老家团聚。我们常常会给我们的孩子讲述玛丽跑去加入火枪手的故事。有时我们还会劝她表演给我们大伙儿看，这时她便会系好自己的裙子，双臂紧绷、抬头挺胸、高抬腿，在屋子里正步走上几个来回，嘴里嘟嘟出那些老调，惹得我们大笑不止，孩子们也嘎嘎尖笑，并连连指着我们的泪眼，深深受到吸引。

我母亲的照片

随着我们翻看这些照片，我们不断地在这个我们刚走进的小天地里有所发现，一览从前那个世界的变幻风云。

我母亲早在我们出生之前就是个舞蹈演员。她以前能走好远好远的路，以前她的双腿和手指都是笔直笔直的，双肩也很是端正。那时她的微笑很迷人，丝毫没有藏着痛苦。

她曾和吉米·福瑞尔及帕特·弗拉纳瑞在盖茨黑德的圣威尔弗雷德教堂大厅里共舞，也曾和英俊潇洒的约翰·麦克奎尔在拜克尔的圣多米尼克教堂共舞。她也曾在黑本消费合作社楼上的杰茜舞厅和纽卡斯尔的牛津跳舞。从小她就习惯穿靴子，她爸爸把几根鞋钉钉进鞋底。她穿着这样加过底的靴子，每天早上走下费灵河滩去上学，每天下午又爬上山坡回家。她还步行去石南山旁边的拉斯基农场买熏肉。长大以后，她和琼步行去环绕阿尔斯顿的奔宁山脉（在英格兰北部），她和她兄弟及表亲在诺森伯兰郡的客栈后面的野地里露营。她还穿着舞鞋，从纽卡斯尔穿过灯火管制区步行回家。在战争快结束的时候，她和爸爸在德文特湖畔的罗多尔旅店同居。那时，每天早上她都和他步行翻越猫铃山，并且绕过德文特湖。他俩在格拉斯米尔的天鹅镇度蜜月，每天都步行几个小时，在高高的丘原上，在那些遥远的农舍里，香甜地吃着三明治加牛奶。

·数星星·

　　这些都是真实的往事。我们通过大人的讲述知道了这些往事，还有我们见到的照片为证。

　　关节炎就跟灵魂一样神秘，没办法知道它是何时开始的。难道在这张婚礼的照片上它就已经存在了吗？瞧这个身材修长笔直、笑得灿烂的女人，挽着这个挺拔、自豪的男人的胳膊肘并肩而立，哪儿看得出一丁点儿关节炎的影子呢？这个女人，栖居在阿尔斯顿的高地之上，穿着齐膝长的裙子，两个脚踝舒适地交叉着，柔风吹拂着她的头发，怎么就患上关节炎了呢？这个站在教区长路她家后花园里的瘦腿小姑娘，穿着宽松的罩衣和大皮靴，怎么也和关节炎联系不上啊！难道关节炎就像某个秘密，像某套难以破解的密码，在某个神秘的时刻，就像呼吸一样钻进了她的身体吗？还是它本来就蛰伏在她的遗传基因里，和受孕的胎儿一起成长，和足月的她一起呱呱坠地，本来就是她熟悉的隐秘伴侣，是她心怀鬼胎的孪生姐妹？对这些疑问，她也没有答案。她只是告诉我们，当年她坐在老人步行街旧宅的书桌前时，她的一侧肩膀就时有刺痛的感觉，按打字机的键盘时手指也有僵硬。比这更早的时候呢？她就不可能知道了。她怎么可能把她自己童年游戏时的疼痛与她朋友们的痛苦相提并论呢？她怎么可能怀疑到自己在跳舞后或从一处高地走下来后感到的疼痛有什么特别之处呢？胡乱猜测是没有意义的。她只能反复地耸肩膀，以舒缓那里的刺痛，或者扭转蜷曲的双手，或者哒哒地发舌响，看着那些照片，思忖着、微笑着，微笑着。她那时怎么可能想到，关节炎就是自己的宿命呢？

我们本身就是照片，母亲的形象就印刻在上面。

在我长大的过程中，我有好多次在街上被陌生人叫住，他们在我脸上看到了我妈妈的形象。

"你是凯思琳的儿子吧，"他们说，他们亲切地笑着，声音很柔和，"小伙子，你真应该看看她跳舞。"

他们伸手把我揽过去，抱着我一小会儿：她可可爱了，她是最好的舞者，她是那么有活力。

"向她转达我的敬意，"他们说，"她会记起我来的。"

这种事我们兄弟姐妹几个都碰到过，好多次。

那么多年过去了，她去世也有多年了，但现在我回老家时，仍会发生这种事情。当我在费灵广场散步，或在哥伦比亚咖啡店喝饮料时，我见到很多目光在注视我，见到它们柔和下来。

我等待那温柔的触摸落在我肩膀上。

我等待那熟悉的话语再次响起：

"你是凯思琳的儿子……"

我等待时光溶解，等待往事重新开始，等待她那不被摧残的形象再次曝光。

鲁莎·费因

她说不好她的名字，鲁伊莎，所以我们就模仿她的口音，叫她鲁莎。鲁莎·费因是她的全名。她和她妈妈住在科尼斯顿，挨着辅路，靠近老煤矿区。多年前她爸爸抛弃了她们，这会儿她正坐在她家前花园的矮墙上，边吃着面包果酱，边玩弄着自己的裙角。看到我们路过，她向我们挥手、痴笑。那些心软的人会伸出手去摸摸她的面颊，或拍拍她的肩膀。

"我是鲁莎，"她会说，"你对我说话啦。你对鲁莎·费因说话啦。"

我头一次遇到她是在我们搬到瑟尔米尔之后不久。当时我正从肉铺买了点肉骨头（炖汤用）之后往回走，见到她躺在莱达尔的人行道上痛苦地扭曲、翻滚、口吐白沫。一个邻居已经把她的大衣折叠起来，垫在她的后脑勺下。他对我说，除此而外没别的办法了，只能让她自己慢慢恢复。其他小孩儿也过来，我们围成一圈儿看着她自己一人在地上挣扎。那个邻居让我去找费因太太，于是我猛敲她家门并尖叫她的名字。她家走廊里满是脏物和垃圾，屋里很黑，充满烟味和尿臊味。"她现在哪儿呢？"费因太太一边急促地问，一边笨重地往外走，把我推回到街上。

詹姆斯·布里顿住在她家隔壁的隔壁。他对我们讲了情况：鲁莎半夜三更在后花园里狂舞，还在月光下鬼哭狼嚎。一天黄昏，我给了他一包烟,让我进到他家里,从他卧室的窗前观察她的动静。她终于出来了,在齐腰深的荒草里走来走去。我们把窗子打开一点,马上听到了她的神神叨叨和咯咯傻笑。"她磨叽什么呢?"我问。他摇头说听不清。这时她看见我们在瞧她,就用手指着我们大笑。然后她的注意力被飞过花园上空并消失在铁道那边的蝙蝠吸引走了。她的目光跟随它们而去,脑袋还歪着,一下下快速点头。我们把窗户关紧,不久夜幕降临,再也看不见、听不到什么了。

每天早晨都有一辆绿色的旅游巴士来到科尼斯顿把鲁莎接走,它嘎哟嘎哟地慢慢开来,胖胖的车身把这片住宅的窄路几乎占满。车内的孩子们看着我们,目光呆滞。其中几个朝我们吐舌头、嗤嗤傻笑,让脑袋软塌塌地靠在车窗上。我们的父母都叮嘱我们不要盯着那些孩子看,可我们还是忍不住好奇心。

"她出过什么事?"我们问。

"天主是仁慈的,"他们回答,"他的工作充满神秘,但是终有一个目的。每个孩子在他眼中都是宝贵的。"

他们用鲁莎作为我们的榜样。每当我们抱怨小病小灾小难题时,他们就啧啧咋舌并说:"想想鲁莎吧。想想可怜的鲁莎·费因,你们这点困难算什么?"

鲁莎离开学校之后不久,詹姆斯告诉了我们那些大男孩儿的事情。他相信他们来自于铁路那边的沃德雷,或是从斯普林维尔沿铁路南下来到这里。他说,她就是在那个铁道从辅路下面穿过的地方,和他们一起进入隧道的。那时,那段铁路还不像今天这样撒满煤渣,路标林立。那时,生锈的铁轨上荒草遍布,荆棘丛生。此前曾有过这样的时代：缆索牵引着矿车忙碌在河岸与费灵的矿山之间。后来便有寻梦和跑步者来此探寻历史遗迹。詹姆斯说，他曾见到一帮男孩儿轮流欺辱她。"那她妈妈哪儿去啦？"我们问。他笑起来："早喝得醉醺醺了。"我们不敢相信这一切是真的。可很快我就意识到，我们爸妈谈到鲁莎时的态度在改变。

"离她远点儿，"他们对我们说，"别看她的眼神儿。别走近鲁莎·费因。"

当人们开始谈论把她送到鲁尔德斯的时候，他们并没有提到那些大男孩儿。每一年，我们教区去那里朝圣都会带上一个像鲁莎这样的孩子，他们不如我们幸运，比我们更需要圣母的关爱。在圣帕特里克教堂的墙上有一个黑色的盒子，里面收集鲁尔德斯居民的捐款，每到星期天，盒子里便响起嘎啦嘎啦的硬币碰撞声，有便士、先令、半克朗……每年春天，奥马霍尼神父都会听取教区居民的建议，举行专题祷告。今年，为鲁莎祈愿祷告的呼声很高。一天，我正和詹姆斯在路边踢球，见到这位神父开着他的福特牌轿车来到科尼斯顿。"噢，孩子们，看我的头球！"他大叫，做出一个顶头球的姿势，随即坐正，冲我们眨眼，然后开进去造访费因太太。

眼下正值大朝圣时节。对像我这样以前从没去过的人来说，鲁尔德斯似乎既远在天边又近在眼前，它不过是我们教区的简单延伸，是泰恩河市的某个更温暖、更明亮的郊区。那里是个充满奇迹的地方，居住着像我们这样的人，遍布我们熟悉的地标。我们在自家的壁炉、墙壁和窗棂上都饰有圣母玛利亚和圣伯纳黛特的形象。我们用鲁尔德斯的圣水吃药,我们把它涂抹在我们身心的痛处和伤口上。我们的女孩子们被称取名为玛丽、玛瑞、玛丽亚、伯纳黛特。我们有去那儿朝圣的大幅照片,他们都穿着白内衣、白袜子,胳膊上搭着折叠起来的短外衣。他们背着双肩包,内装各种祈祷卡和宗教纪念品。男人们把白色衬衣领翻出在深色西装的大翻领之外,站在我们面前的神甫们个个高傲且主人派头十足。圣徒科伦巴(爱尔兰传教士,在爱奥那岛上创建了一座修道院,并把基督教传入了北苏格兰。——译注)的骑士们高举着主教管区的旗帜,我们这些教区的名称都印在小旗子上。在灿烂的阳光下,我们的亲友和邻居的脸也都绽放开来,朝我们灿烂地微笑。

我知道许多曾去过那里朝圣并为我祈祷过的人。他们都住在小旅馆里,里面的餐厅都兼作祷告室。他们都喝法国咖啡,吃法式面包,喝法国红酒和啤酒。他们对苏格兰和纽卡斯尔的淡色啤酒及吐司面包很是怀旧。他们吃烧烤作晚餐,抱怨茶味太苦,并且什么东西里都放大蒜。他们谈论那座壮美的长方形教堂,闲聊火炬队伍的壮观与欢乐,描述圣水从龙头和泉眼里源源不断地流出,高歌《玫瑰经》的声音飘入比利牛斯山脉的夜空。他们给我们讲述冰浴,及其发生在他们体内的神奇变化;还向我们讲述那些治愈者的拐杖挂在洞穴里。他们回来时个个脸晒得黝黑,提着免税店里买的瓶瓶罐罐、大包小盒。在他们的行李箱里有彩绘的石膏小塑像:美丽的圣处女、下跪的圣伯纳黛特,还有八音盒,刻在纸镇上的长方形教堂模型,印着伯纳黛特景象的 3D 明信片。他们还带回来了各种形状的圣水：圣处女形态的瓶子、装红酒的大肚瓶、可以放在衣袋里的小玻璃药瓶……全都用来盛圣水了。在我们的香客中从不曾有奇迹发生，但他们知道自己已在内心深处被治愈了。他们满载礼品凯旋，仿佛刚经历一番惊天冒险，或刚从某个骇人的噩梦中醒来似的。

那是初夏的一个星期六的下午，鲁莎的朝圣队伍出发了。我和我母亲站在花园里，仰望天空，看着一架飞机飞过我们头顶朝南飞去。我们使劲挥手，嘎嘎大笑，知道那上面的香客也在朝下俯视泰恩河市，但看不到一个人，尽管如此，却也在挥手。

"鲁莎会被治好吗？"我问妈妈。

她笑笑说："我们的命全在天主手里。"

"为什么天主那么神秘？"

"但他的确会发出神谕。"

"比如在路德斯吗？"

"对，比如在路德斯。"

我们仰望那架航班，直到它消失。我走出花园，走进静悄悄的宅地。我呼叫詹姆斯，但没有回答。我坐在辅路的路基上，来往的车辆在我上面及后面呼啸来去。我抬眼仰望空瀚的苍穹，再低头俯视荒草茂密的煤矿区，及那些灰不溜秋、外墙嵌有石子的住房。我为鲁莎和其他不幸的人祷告了一句。我坐在那里等待。

我认识那一年的许多其他朝圣者，其中包括来自于圣威尔弗雷德教区的舅舅迈克尔；我班上的一个名叫克莱尔·加雷恩的女孩儿；一个名叫沃雷夫人的老太太，来自于恩纳代尔，我以前经常为她跑腿儿办事。我想象着他们手里秉持蜡烛、走在虔诚的人群中的样子。我想象着迈克尔舅舅在旅馆酒吧里，一边痛饮大杯的红酒，一边指挥合唱团高歌"哦，圣心"。我还见到过沃雷夫人颤抖地把圣水捧到自己的唇边，一边为她久逝的亡夫轻声祷告，一边拍打自己的心脏。我还见过克莱尔在那座洞窟里临摹伯纳黛特跪着的虔诚姿态。我想象着他们关爱鲁莎的情景，扶着她的手臂，把她的注意力引导到圣母身上，还教给她怎样做祈祷。在第二周的中间，迈克尔舅舅寄来了一张明信片，是在他们到达的当天寄出的。他写道：旅馆很干净，山区的空气很清冽，一下飞机就能感觉到神圣的气场。他答应会为我们祈祷。我问爸爸何时我们也能去，爸爸说我问得好，我们是得尽早去一趟。他笑着告诉我，整个费灵都应该和我们一起去。

白天越来越长了。放学后，我和詹姆斯一连几个小时在废弃的铁道上玩耍，还爬上山楂树掏鸟蛋。我们把鸟窝洗劫一空，把鸟蛋摆进沙地上的空鞋盒里。我们点燃火炬照亮隧道的顶部，朝那里的蝙蝠扔树枝，把它们赶出去。我们看见墙壁上用粉笔画着一些有关鲁莎的下流画儿，写着有关她所作所为的一些恶俗的句子。我们还和沃德雷家的几个男孩儿打架，隔着山楂树和山梅荆棘丛与他们对骂，朝他们扔石子。我们还看见一帮男孩儿在铁道上游那一带闲逛，但我们清楚那些来自斯普林威尔的孩子很野，就尽量躲着他们走。我们还透过后花园的篱笆墙和荒草朝费因太太家里窥望，看见她坐在厨房饭桌前，往自己嘴巴里大口大口地塞吃的，还看见窗台上摆着一排排啤酒瓶。"想想看吧，"我们交头接耳，"那个鲁莎·费因有多可怜。"等我们溜回自家宅地时，我抚摸着挂在胸前的圣心饰物，恳求主宽恕我的侵越之罪。待我入睡之后，我梦见圣母抚慰般地伸出双手，从天上下凡，朝我们这片宅地翩然而至。

他们在一个星期六之夜回来了。星期天在圣帕特里克教堂作完弥撒之后，我们听他们讲述了头一批朝圣的经历。头一天的整天整夜，鲁莎都在大喊大叫地要找她妈妈。一个法国医生给她吃了镇静药，费灵的香客们轮流去她房间陪她。她不吃不喝，嘴里不干不净地骂骂咧咧。一帮子修女、修士都为她而来，领着她去看圣母玛利亚，把她关在洞穴里，拼命为她祷告。她又开始嚎叫，并在帮助她的修女们把她泡入浴缸时攻击她们。一个来自盖茨黑德教区、名叫多琳·麦肯纳的女孩走上前来，设法让她安静下来。她们又给鲁莎吃了镇静药，把她带回她的房间。多琳留下来陪她，其他香客聚在饭厅念《玫瑰经》，并高唱"哦，天之女王降临"。在第三天，多琳给她喂了牛奶和面包，之后又带她出门了；比较她上次的大喊大叫，这次她乖多了。多琳抓着她的胳膊加入了一队朝圣的行列。在那座长方形教堂的台阶上，鲁莎摔倒了，又犯了病。她周围的人们闪开了一个圈，但她很快就恢复了，表示她还能继续，并且用行动证明了。在那座洞窟里，她又摔倒了，并且显得非常痛苦的样子躺在圣母的形象下面。过了一会儿，她抬起了头面对那些围着她的焦急的人。多琳跪在她的身边，轻声对她说着什么。鲁莎也嘟嘟囔囔着什么,喉咙还发出咯咯声,人好不容易才听懂了她说的话。

"她说话了,"鲁莎说,"我的圣母对我说话了。"

那些站住的香客来回看着我俩的脸,一脸迷惑。

"她是说圣母玛利亚吗?"我母亲轻声问。

"对,好像是。圣母玛利亚出现了,还对鲁莎·费因说了话。"

我等着故事继续讲下去。那些围着我的大人更近地聚拢过来,放低了声音露出神秘兮兮的神态。一个邻居低头看着我,叫我别听下去了。我妈妈也要我乖。我看见克莱尔在她的一帮亲戚后面独自待着。我走向她,请她给我讲鲁莎的事情。她咬着嘴唇,睁大眼睛,目光炯炯有神。

"她见到圣母啦。"她说。

"还有呢?"

"圣母跟她说话啦,这是个奇迹。"

"还有呢?"

"圣母讲了她的秘密。"

"什么秘密?"

"她不能讲的秘密。"

她又咬紧了嘴唇。

"真是个奇迹。"她说。

"多琳是谁?"

"盖茨黑德的一个女孩儿,鲁莎的朋友,也是她的救助者。她就像个天使似的守在鲁莎的身旁。"

坐在车里,在从教堂回家的路上,我问爸爸妈妈这些是否都是真的。爸爸回答说,这要取决于你所说的真实是什么。

"比如说她看到了圣母。"我说。

"谁知道呢?"

"还有圣母把她的秘密告诉了鲁莎。"

"都这么说。"

"她在法蒂玛也是这么做的,把秘密告诉了孩子们。"

"是这样。"

我们驶下辅路,开进了宅地。我望着那些镶嵌石子的房子,那些小花园。我想到了鲁莎,想到了她的贫困和她那可怕的母亲。我回忆起她犯病躺在莱达尔的人行道上,喉咙发出咕咕声、行为失控的情景。

"我觉得它是真的。"我说。

"你一定要记住,鲁莎是个有病的女孩儿,"我母亲说,"她年龄差不多是个女人了,可她的智力永远就像个小孩子。"

"这我知道,"我说,"圣徒们都像这样。"

当天下午,我去了沃雷太太那里,看她有什么需要我的。她说她需要内心的平静。她给了我一张祈祷卡和一小药瓶圣水。她说,这些足够用于三次感冒和两剂鼻炎药了。我问她鲁莎怎么样了,她看着我,噘起了嘴唇。

"我的天哪!"她说。

她一个劲儿地打量我。

"小伙子,我跟你说:别理那个鲁莎·费因。"

后来有一天,我和詹姆斯趴在铁道上。我们看见鲁莎和她妈妈还有另外一个女人待在家里。"那是多琳。"我小声说。她是个身材高挑的金发姑娘，她不时地来到窗前向外张望。我们也不住地隐蔽自己，就像鸭子嗖地没入水中那样。然后我们便看见奥马霍尼神父出现在她们中间，还听见鲁莎妈妈的尖叫。他和她出门来到花园里，他搀着她的胳膊，他的声音坚定而又满是同情。我们听见他对她说，鲁莎需要帮助，而他能协助安排此事。鲁莎的妈妈却把他推到一旁，还朝着荒草啐吐沫。

"该死的神父！"她尖叫，"该死的教堂！都下地狱去吧！"

多琳不动声色地站着。我们看到他们重又聚到桌旁。等我们回到宅地后，看见那帮孩子骑在前墙头上往里窥探，大人们也在各自家的花园里，远远地朝那边张望。

第二天在学校听他们说，鲁莎统共看见过七个奇景。圣母玛利亚告诉过她下次大战及世界末日的日期。圣母还交给她一纸圣谕，其内容只能传达给教皇本人。在执行这次使命中，多琳已被选中担当她的翻译。鲁莎已被告知，她已怀着极大的勇气和力量扛住了病痛的折磨，因此已在天堂上帝的身边给她保留了一个位置。有人问克莱尔，此事可当真？克莱尔兴奋得脸上泛光，回答说肯定是真的。她对我们说，她确实看到了奇观。在鲁尔德斯，她确实和一个圣人在一起待过。

说那些奇景来自地狱的那个人名叫安瑟尼·奥多德，他的奶奶曾去过那里朝圣。他说，就在鲁莎躺倒在长方形教堂的台阶上的时候，他的奶奶感觉到一个黑天使盘旋在他们所有人的上空。在其他人全都向前走的同时,她却往后退。当时有一股硫黄的气味弥漫鲁尔德斯,还有一个巨大的影子降临。

"这都是真的。"他说。

"不是。"克莱尔说。

"是真的。鲁莎被魔鬼上身了,此后她就一直花时间和它们鬼混。"

我们都把目光转向克莱尔,她在哭泣。安瑟尼朝她走过去,用手指着她。

"那个多琳呢?"他问,"她根本就是个从地狱来的臭婊子,母夜叉!"

迈克尔舅舅本周到访,他带来了圣水、香烟和威士忌。他用法语为我们歌唱"鲍比·沙夫脱"。他问我是否已开始约会,然后跟我讲起那些可爱的法国姑娘。他眨巴着眼睛,说她们真就令他神魂颠倒。

我母亲问他,那些关于鲁莎·费因的传闻到底是真是假。

"我是看到一个女孩儿跌倒了,另一个女孩儿把她搀扶起来。"

"人们传说的她的话是真的吗?"

"是真的。我亲耳听她讲的,她说圣母跟她讲话了。"

"'她跟我说话了。'"我转述鲁莎的原话说。

"没错儿。她说上帝认识她,爱她。她说'我会永远保佑你,鲁莎·费因'。瞧这可怜的丫头。她病得不轻,身心衰竭。她当时就像疯子似的跪在洞窟里,她说圣母向她透露了秘密。"

"你当时相信她了?"我问。

他咂了一小口威士忌。

"我当时只看到这丫头了。除了她说的话之外,我当时什么也听不到。我们当时只等着神显灵。我们全都祈祷神快点显灵,可是什么也没有发生,"他耸耸肩,"谁知道呢?"

他和我爸再次碰杯。我妈妈看看钟表,又看看我。我不再瞧他们,只听着他们谈论奇观:它们是那么难以置信;它们有可能被某种狂热引发;它们有可能不是上帝的杰作,而只是魔鬼的伎俩而已。

"我们信仰的好多东西都适用这种情况。"我父亲说。

迈克尔舅舅点头,喝酒。

"唉,"他说,"总之我们是活在黑暗之中。"

他们敞开喝威士忌。

"活在最最最黑暗的黑暗之中。"他们说。

说完他们咯咯笑不停。

我母亲又看我。

迈克尔舅舅伸出手来摸我的脸蛋儿。

"愿天下所有男孩儿都被哄上床睡觉。"他说。

他俯下身来亲我的额头。

后来,我趴下身,耳朵紧贴着地面,可是听不到任何有意义的声响。他们说话的声音模糊一团,而且语气神秘兮兮的。迈克尔舅舅正讲着一个长故事,我父母边听边大笑,还问问题和大呼小叫。我听到男性的声音随着酒下肚而含混起来,听见鲁莎和多琳的姓名被重复了好多次,听到他们大声向耶稣和圣母求助的声音。故事讲到结尾,心情很沉重,讲完后大家沉默良久,然后是叹息和轻声祷告,随着迈克尔舅舅大声唱起"波比·沙夫脱",大家又笑声朗朗。

翌日,我问他们都讲什么了。我妈说她什么都没听明白,但我们应该为鲁莎祈祷。他们指引她做的事情其实和圣母玛利亚毫无关系。在学校时,安瑟尼·奥多德说过,在鲁莎见到那些景象之后,很快她又恢复了鬼哭狼嚎。多琳在旅馆陪护着她,她们不再去那个洞窟了。一天下午,有人见到她俩在鲁尔德斯郊外和几个法国男孩儿在一起。有人看见她俩和他们走进树林和葡萄园。他祖母亲眼目睹了多琳在公园的长椅上和几个男孩儿在一起。她看到多琳用法语和他们争论,和他们嘻嘻哈哈,还接受他们给她的钱。她还看到鲁莎在一片灌木中等待,那些男孩儿排着队一个个进去找她。照顾鲁莎的事就由几个年长的香客接管了,安瑟尼说多琳的钱包在她回来时比在她出发时鼓多了,还看见她在飞机上数一个包里的法郎,满满的都是钱。当天晚上,詹姆斯找遍小区找到了我。他说那些来自斯普林威尔的男孩儿又卷土重来了。现在他们正翻越栅栏儿进入鲁莎家,问我想不想和他一起去瞧个痛快。于是我给了他三根香烟,和他一起站在窗前。我本来不指望看见什么,可是随着光线变暗我看见一个穿着绿夹克的臭小子从隧道里走出来,并朝着栅栏儿走去。这时多琳出现了,并且喝住了他。他把她推到一边,硬是闯进了花园,并且一直低着头,急急地往里赶。"瞧见没?"詹姆斯小声说。我抚摸着胸前的圣心徽章,我们眼看着那个男孩儿在漆黑下来的暮色中离开。"耶稣啊,"我啜嚅着,"我的耶稣基督啊。"

我们看见奥马霍尼神父再次来到鲁莎的门前。鲁莎她妈两臂垂在胯部两边,站在走廊里又一次冲他尖叫:"该死的神父!滚回地狱去吧!"几个待在前院儿墙边的臭小子咯咯嘎嘎地笑着,成年人们也在各自家的花园里咧开嘴笑着。神父歪着头冲我们打招呼:"小子们,你们都好吧?"然后迅速钻进他的福特车,一溜烟儿开走了。

那个星期天,在圣帕特里克教堂外面,又有传言说,要把鲁莎同她妈分开,还要同多琳分开,她应该和像伯娜黛特那样的修女住在一起。只有这样,她才能由淫狎变神圣,由放荡变端庄。可是有人小声说这管什么用:鲁莎连同她那粗硕的身体与错乱的心灵早已不可救药。我们所能做的一切,只有祈祷天主以他神秘的方式,垂怜他这个病入膏肓的孩子。迈克尔舅舅和我爸爸继续探讨复杂的宗教信仰问题。"有没有这种可能,"迈克尔舅舅问,"让鲁莎向人们展示:恶也能像善那样天真无辜?"

当天下午,我上山往铁道那边走去。我在铁轨上慢慢走着,两腿趟过齐腰的荒草,从一根枕木迈向下一根枕木。几只雏鸟在山楂树上唧唧叫着。我闭上眼睛,感觉阳光照在身上,想象这个地方像法国那样温暖、明亮。等我再睁开眼睛时,我看见鲁莎在她家花园里慢慢转圈儿,同时抬头望着蓝天。我费力地朝她走去,在她家篱笆墙跟前站住。她看到了我,咯咯笑了起来。

"鲁莎,"我说,"圣母都说了什么?"

她眨眼睛，咽着口水，舔着嘴唇。

"圣母说了什么，鲁莎？"

她朝后歪着脑袋，冲着天空傻笑。

"那些秘密是什么，鲁莎？"

她用手指头捻着裙裾。

"她都说了些什么？"我用她说话的口音再问。

"她说我是个好女孩儿。她说我是可爱的鲁莎·费因。"

"还说了什么，鲁莎？"

鲁莎的脑袋摇得像拨浪鼓，眼睛眨得像磕头米。

"那些秘密是什么，鲁莎？"

我看到在她身后，多琳从房子里走了出来。她站在鲁莎旁边，冲我微笑。

她穿着和圣母玛利亚的罩衫一样颜色的胸衣，她的头发用一条金色的爱丽丝发结捆束在脑后。她把一条胳膊搭在鲁莎的肩膀上。

"他是谁？"她问。

"他跟我说话来着。"

"我们请他进屋好吗？"

鲁莎吃吃笑着，多琳凝视着我。

我没吱声。铁道上空无一人，我仰头看詹姆斯家的窗户，什么也没有。

"请他进屋，怎么样？"多琳问。

多琳的嘴唇猩红色，在阳光下温润艳丽。

"怎么样？"她又问。

我似能看穿那所房子：鲁莎的妈妈站在里面，再过去是那些外墙镶嵌石子的房屋，再过去是那些在路边玩耍的孩子。

"怎么样？"多琳又问。她狡黠地眨巴眼睛，并用手指着篱笆墙的一个豁口。

我抚摸胸前的圣心徽章。

"圣母玛利亚到底说了什么？"我执拗地问。

多琳咧嘴笑着，她舔着自己的嘴唇。

"她说鲁莎·费因很可爱。"她说。

穿过那所房子，我看见沃雷太太慢悠悠地路过这里。

我又触摸圣心徽章，毅然转过身去。

我走进隧道，朝蝙蝠扔石块儿，目送它们逃进光明。

下个周末，来了一辆警车。詹姆斯跑遍宅地找到了我。在鲁莎家门口已经聚集了一大群人，我们能看到屋里两个警察的高大身影。那辆蓝白相间的警车停在路旁，警灯闪闪。房门给关上了，但我们能听到里面传出费因太太的尖叫声。不久房门又打开了，警察带着多琳走了出来。她挎着一个双肩包，里面塞了几件衣服，她抽着一根烟，并用藐视的眼神看着我们所有人。有人高喊道我们总算见识过这个圣处女多琳啦，孩子们一听全都尖声大笑。费因太太狂喊道你们全都下地狱去吧。警察被这场面搞得有点笨手笨脚、不知所措，尴尬得连浅蓝色的衬衣都被汗水湿透了好几片。多琳和我四目相视了好几秒钟，还舔着她的嘴唇，然后她就被警察带走了。

"这一切是怎么回事？"我问詹姆斯，他耸了耸肩。

"这是什么意思呀?"我问刚来到人群后面的我爸。

"诱骗罪。"他说。

我们看着人群散去。我们看见鲁莎走到窗前,看得出她在哭泣。

"可怜的孩子。"我爸说。

我们一起回到宅地。这块地在强烈的日照下皲裂而泛白,小孩儿们在我们身后接着尖叫玩耍。我用手指拨弄着沃雷太太送给我的那一小瓶圣水。我合上眼睛,想象着自己透过鲁莎的眼睛视物,通过她的耳朵听声。

"这里会有奇景出现吗?"我问。

"谁知道我们会看到什么?谁知道天主会把什么展现给我们?"

多琳最终什么事都没有。警方警告她远离费灵,远离鲁莎。我们听说她早已背弃了她的信仰,曾在做弥撒途中对神父说上帝是个伪君子,说她的家族从来都是一群野蛮人,还说人们可以在周六夜晚在纽卡斯尔的"粉巷"(红灯区)见到她在溜达。鲁莎返回了坐在她家花园前墙头上的生活,顶着烈日吃果酱面包,不住对过路人说圣母跟她说过话了,圣母说她是可爱的鲁莎·费因。那些好心人会同情地伸出手来摸摸她的脸蛋儿或拍拍她的肩膀。我也会注视着她,努力想象那些丧失在她身上的秘密是什么。在教堂里,那些虔诚的人依旧为她祈祷,并努力寻思还能为她做点什么。然后有一天,我们便见到她的肚子隆起来了,并且知道了在鲁莎·费因的身体里有了一个新的生命。

一个星期五的傍晚，夕阳西下，硕大、暗红，挂在辅路上方。这时候，费因太太把奥马霍尼神父请进了家门。他还带来了两位来自圣母军的女士。我和詹姆斯蹲伏在铁轨上，朝那边窥望，望见大人们围着厨房的桌子商谈事情。鲁莎则站在窗前，抬眼望着血红的天空。

"那两女的是谁呀？"我问。

"好像一个来自弗伦奇，一个来自斯普林维尔，谁知道呢？"

"换了你，你会这么干吗？"我悄声问他。

詹姆斯耸耸肩："你会吗？"

神父和那两个女士先是单独离开了，但是不久他们就又回来了。这次他们来领走了鲁莎，而费因太太这次的表现是站在大门口朝他们挥手告别。鲁莎去了海克斯厄姆，进了"穷困人家小姐妹"修女院。我母亲说，那里的修女是最温柔甜美的修女。她们会给予她最好的照顾，她们也会为她的小婴儿找到最好的家。她们会在鲁莎生产后照顾她一辈子。

在圣帕特里克教堂，我们继续为鲁莎祈祷。

很快，我们又该为明年的朝圣做准备了。这一次，人们决定送一名来自斯托尼盖特的名叫保罗的小男孩儿去，他生下来就没有眼睛。

厨 房

远离远方那座大城市的喧嚣,只闻近旁的费灵的嘈杂与哼鸣。在另一座花园里,孩子们唱着一首跳皮筋时唱的歌:一月,二月,三月,四月,五月……一只高飞的云雀只闻其声不见其形,一只乌鸦站在苹果树上大叫。空气中弥漫着玫瑰的花香与温馨的草香。烈日当头,发出耀眼的光芒,光线洒满花园,透过窗户照进屋里,穿过虚掩的门缝挤进走廊,映衬室内翻飞、旋舞、微闪的浮尘……

妈妈微笑着。

"哼哼,看看咱们自己吧,就像太空人似的。"

她正坐在那把百孔千疮的老旧白椅子上,爸爸坐在她旁边的矮凳子上。

"我们本来会搬到一个更大的地方去住的。"他说。

"这我知道,"她说,"是的,我知道。"

我们全家聚在这里,倚身靠在厨房的操作面上、冰箱上、水池上、小饭桌上。我们吃着吐司喝着茶。我们等着吐司凉下来一点,好让抹在它边缘上的奶油融化,但让其他部位的奶油保持半固态和鲜艳的奶黄色,让它黏乎乎地立在松脆的吐司表面。此外还有奶酪,柠檬冻,金黄色的碎块。很简单,但很香甜,足够我们全家人吃一顿。

我们的呼吸柔和匀称,吃相文雅拘谨。我们没有紧盯着什么,阳光倾泻如瀑。

芭芭拉穿着奶油色的裤子，白色的罩衫，白色的鞋子。她的头发剪得很短，但在她的耳际和眉梢卷曲。一对小巧的银耳环像泪滴，一条细细的银项链。她站着，左手搭在椅背上，头慵懒地歪向一边。她在我们中间显得那么娇羞，她老是低垂着眼睛，羞赧地微笑着，脸微微发红。

我看着妈妈。她摇着头，咬着下嘴唇：再给她些时间（她还在拿捏、斟酌）。我们没有紧盯着什么。光线没有改变，鸟的歌唱在继续。凯瑟琳和我四目对视。

"千万别出事，"她说，"千万。"

爸爸碰了碰玛格丽特的手。

"我刚才还在想呢，"他说，"你还记得吗？有一天你问我：'世界上最小的地方在哪里？'"

她摇摇头。

"我不记得了。"她咕哝道。

"那时你还小。"

他冲玛格丽特微笑，笑玛格丽特的记性。有一阵儿，我们都恍觉自己见到了当年的她和当年的我们自己。

"我还一直在想，也许这里就是答案。也许这儿就是世上最小的地方，只足够大到能容纳我们全家。"

"到底出了什么事？"玛格丽特问，"告诉我那天的情况，也就是我问你、你回答我的那天，发生了什么？"

"其实也没什么。那天你趴在地上，你的脑袋钻进碗柜里去了。

我亲眼看到你爬了进去。我当时问,你要找什么?你回答说,我把南希丢在里面了。我说,那碗柜太小了,不可能把她丢到里面去。你说,可她偏就是个小个头呀。然后我就在我身边的靠背长椅上发现了那个洋娃娃。我说,她在这儿!你责备了她,谁说的你可以独自一个去流浪?你说。你过来坐在我的膝盖上,咱俩朝打开的碗柜门和黑乎乎的食橱里看。你说,我怎么可能在那里迷路呢?空间太小了,我对你说。你都很难钻进去,更不要说在里面迷路了。瞧瞧你这么大个儿,再瞧瞧它这么一点空间。我俩沉默着坐了好一阵子。那天就像今天这样。阳光灿烂,乌鸫鸣唱。过了一会儿,你说,世界上哪儿是最小的地方?接着你又说,平平安安地坐在里面,我们会有什么发现呢?"

"你当时是怎么说的?"玛格丽特问。

"你这不是犯傻么?"他笑道,"我也记不清了。大概是最小的地方就在这儿,就是这厨房,我们全家安安稳稳坐在里面的厨房。"

光线一成不变,歌声一成不变:无论是云雀的、乌鸫的,还是孩子们的。灰尘在光线下飞舞、飘浮。凯瑟琳从烤架上取出更多烤面包片。我们把它们放凉一会儿后,把奶油抹在上面……这一切每天发生,似乎亘古未变。

"这个确实不见了,"妈妈说,"自己一个人独自流浪去了,她是我家所有人中最小的一个。谁说过的,你现在可以独自流浪了?"

芭芭拉脸红了,不好意思地笑了。

"那里才是最小的地方,"她轻声说,"除了我,容不下任何别的人。"

"这我知道,"妈妈说,"哦,我知道的。"

"我还以为你们全都不要我了呢,我还以为你们全都会把我忘了呢。"

"当年你待在这儿的时候,还没有我呢,"玛丽说,"可是我仍然记着你。我仍然不会忘记你。"

"现在我知道了,"芭芭拉说,"可那时我还以为我会永远孤独下去呢。我是如此卑微,而你们全都如此高大。就算我不在了,你们还有那么多个,你们还会有更多个。你们会相互拥有,就算对我还有点记忆,也会很快丧失的。"

"我们从没忘记过你,"爸爸说,"就算我们的记忆有点失真,我们也会把它一点点拼凑起来的。可以虚构呀。"

芭芭拉大笑。

"虚构记忆啊!"

"对呀。真相、回忆、梦幻……星星点点的记忆碎片,把它们进行拼凑、编排。"

"记忆拼凑、编排……不过,把它们拼凑起来,就能使我在你们所有人的心中永葆平安和鲜活啦。"

我们开始谛听自己的心跳。

芭芭拉说:"当年我开始懂事的时候,我习惯于来到你们中间。我知道你们清楚我在场,我知道你们清楚我永远都在场。"

"没错,"妈妈说,"我们永远都明白你在我们中间。"

我们全都冲她微笑。我们聆听乌鸫歌唱,聆听孩子们喧闹。

"跟我们讲讲另一天的事。"玛丽说。

"给他们讲讲另一天吧。"爸爸说。

"那天,我们在海滩上,"妈妈讲开了,边讲边抚摸芭芭拉,"除了你,我们全都去了。在南希尔兹,在像今天的一天,阳光是那么灿烂。你们的爸爸和我坐在户外舞台旁边,把毛毯和大毛巾铺在草地上。玛丽和玛格丽特蹲在海边,拿着小桶小铲玩沙子,往海里攮沙子,往沙子里泼海水。凯瑟琳跪着搭城堡。男孩子们也跑过来了,扑到海里游泳,对海水的冰凉发出尖叫。我们坐在温暖的草地上,向后倚在温暖的砖块上。爸爸把一个壶放在煤油炉上。我们眼看着涌浪群过来了。白茫茫厚重的一大片,突然而至。地平线瞬间消失,接着那条一直停泊的大船冲进了泰恩河口,浪头接踵而至。然后涌浪群逼近了,那些男孩儿全失踪了。你们还记得吧?"

"我记得,"爸爸说,"我冲下海滩,大声呼喊。我冲进海里,海水冰凉,空气也冰凉。我站在海里撩水,呼叫。你们还记得吧?"

"记得,"柯林说,"我们听到你在呼叫,声音就像你在很遥远的地方似的。"

"我也站起来瞭望,"妈妈说,"只见你们的爸爸裤子透湿,你们几个丫头站在他身后的海岸上。接着我看到你们爸冲进涌浪,然后也消失了。"

爸爸大笑。

"我跌跌撞撞地冲进浪群,顿时浪花飞溅,浪条劈开滋啦作响,我自己也滚进了大海。等我们爬出波浪时,早已浑身湿透,全身冰凉。"

"你们划拉着海水,咯咯笑着,"妈妈说,"全都朝我走过来,朝这个露天舞台走过来，扑向茶水和三明治。很快每个人都裹好了大毛巾。我说，你们这样会淹死的。迟早要出事的。"

我们边回忆往事，边喝茶边吃烤面包片。

"是我最先看到了她，"凯瑟琳说，"那个小姑娘站在涌浪里，面色惨白，海水没到了她的膝盖以上。我手指着那个方向大叫'在那儿'！'在那儿！'我们眼瞅着涌浪疾进急退。我大叫，在水里。就在那儿，在浪头里。你们的眼睛盯紧了。我朝大海跑去，边跑边用手指着。就在那儿！这时涌浪群退去，海面似被剥光，只剩下平静的水和小碎浪。别说人了，连根毛都不见了。然后就是一连几夜做噩梦，梦见那个小姑娘在海水里。那个失踪者，那个好像总是在边缘地带不起眼的失踪者。你的眼角偶然会瞥见她的身影，可不等你转过头来细看，她就已经消失不见了。"

我们齐刷刷地把目光转向芭芭拉。她挨个儿看着我们，碧蓝的眼睛像海水般闪亮，脸色如涌浪沫般苍白。

"我可没有虚构对你的回忆。"凯瑟琳说。

"你没有，"芭芭拉说，她伸出手去触摸凯瑟琳的脸颊，"再说，回忆往事有点虚虚实实、真真假假也很正常。反正我总在你们的记忆中。虽然我死了，但我总在你们的记忆中就行。"

听她这么说，我们全都沉默了。然后我们一起叹气，我们当中在世的和去世的一起叹气。

"什么是死？"玛丽突然问道。她依次看着妈妈、爸爸和芭芭拉："你们全都死了。什么是死呢？"

"死是很重大、很可怕的事情，"芭芭拉回答，"死就是特别孤寂,并且等着别人来找你。"

"死就是分别,"爸爸说,"就是把你同那些几乎不了解你的人分开,把你同那些不太容易记起你的人分开,"他抚摸玛丽的脸蛋儿,"比如你和玛格丽特。你们就会很难记起我,因为我死时你们还太小。"

"死就是意识到你就要死了,"妈妈说,"死就是一下子同时看到死者与生者。死就是既不想死也不想活。死就是想和最后一口气待在一起,也就是不想呼出最后一口气。在那时候,死者和生者全都围在你周围,抚摸着你,喃喃低语着:好啦,妈妈,什么事都没啦,一切都好起来啦。可是你没法儿和最后一口气待在一起,你只有死去。"

"然后呢?"柯林问,"接着会发生什么?"

芭芭拉微笑着说:

"然后死者聚在一起讲关于生者的故事,就像生者讲关于死者的故事那样。"

"是的,"爸爸说,"死者也是这样开头的,比如'你还记得吗'?'让我告诉你过去的时光',或者'从前啊,有一次……'"

我们又都沉默了。我们听鸟儿鸣啭,听孩子们在外面唱歌。

妈妈笑了。

"那首歌我过去也唱,"她说,"一月,二月,三月,四月……边唱边跳大绳,俩人牵着一条大绳儿两头转圈儿摇,其他孩子轮流跳。一次跳一下,一圈又一圈。曾经有一个可爱的小姑娘,长着两条健美的小腿儿……"

她哼着那支单调的曲调,脚趾头还磕着地面打拍子。

"不管怎么说吧,"她说,"和生死同样好的,还有这个。"

"什么呀?"玛丽问。

"厨房呀,我认为就是厨房。"

"它是世界上最小的地方,"爸爸说,"一个不可思议的地方,一个不像能发生的故事。某种天堂。"

"天堂到底是什么样呢?"柯林问。

"也许它就像这样,一个不可能有的下午,咱们全家,在的与不在的,全都同时聚在一起。"

我们的目光透过舞动的尘土,朝外凝视着日光。太阳仍然悬挂在天空凝滞的正中。那些儿童与那只乌鸫在歌唱。没有人说话,没有事发生。我们相互注视,相互触摸。

"给我们讲个故事吧。"玛格丽特说。

"给我们讲个故事吧。"我们几个孩子都说。

"从前啊……"妈妈说。

我们看着她。

"对,"她嗫嚅着,"听好了,这可是真事……嗯。从前有一个小男孩,来自于卡利斯尔街,在冬天的大雪中丢失了他的嗓音。你还记得吧?"

"我记得。"爸爸说。

"他名叫杰克·洛,"妈妈说,"他有七个姐妹、一个疼爱的妈妈和一个仁慈的爸爸,麻袋布捆在他的脚踝上……"

我们听着亦真亦幻的回忆,半攒半拼的往事,零零散散的记忆碎片,相互注视着。我们吃着热烘烘的奶油吐司,我们知道太阳终会落山,儿童和鸟儿终会沉寂。我们清楚我们将会回归各自属于的生死两界。我们听着那些往事,它们在一个不可能发生的下午阻遏了晚上的到来。

杰克·洛

"我来给你们讲杰克·洛的故事吧。"卡莫尔·布莱特轻声说。

我们待在德拉根连锁店里面。我奶奶在我身旁,卡莫尔坐在小桌对面,面对着我们。他们分享着一壶茶,两个茶杯,茶壶,还有一壶开水。杰克本人待在另一个隔间里,在卡莫尔那边。他和我一样,两手捧着一个很重的好立克杯。他不时地抬起头来,眼睛透过隔间的玻璃朝这边凝视,但眼中无神,茫然而空虚。

我倚在我奶奶身上。我注视着他,他一头蓬乱的长发、一身老式的衣服,肮脏的手指握在洁白的杯子上。他就是杰克·洛。我已经见过他好多次了,总是腰上系根绳子,背上背个双肩包,在我们这个城镇里无休止地逛来逛去。

"这个杰克·洛是谁?"我小声问。

我奶奶摇摇头,竖起一根手指压在她的嘴唇上,意思是说现在谈论他不妥,尤其是他还离咱们这么近。

"也许正是这样,谈他才合适呢。"卡莫尔说。

她叹了口气,仿佛感到杰克·洛的目光正盯着自己的后背似的。她俯身向前,碧绿的眼睛里,目光变得柔和了。

"好吧,那倒也没什么。现在你喝你的茶,就让我来给你讲讲杰克·洛吧。"

我慢慢呷着好立克杯。我想起了我第一次见到他的情景,他在寒冷的雨夹雪中大步走过我们的花园。我记得我碰碰那只抱着我的手问：那是谁？那是谁？

"那是如此久远以前的事情，以至于当我说它何时发生时，我都不敢确定。故事在讲述中发生改变，回忆时叙真的成分与虚构的成分一样多。我们那时都很小，我们看到的事情全都与我们梦见的和我们惧怕的事情混在了一起。我们那时都一起在学校：我、你奶奶、杰克·洛，还有好多你认识的人，以及好多已经故去的人。我们统共有四十五个，还是五十个，谁知道呢？反正是好多。当你们的人数在当年足有半百，而现在却只有一个人拄着拐杖站在你面前时，你是没办法教给人究竟什么是值得拥有的。你的脑子里塞满了过去停不下来的东西，塞满了现在依旧停不下来——一旦你启动了它们——的东西。许多个漫漫长夜，我躺在冰凉的床上，稍有不慎，一不留神，它们便全都从回忆的犄角旮旯里冒出来了。七七四十九，七八五十六，我数着麻雀，用我的弓和箭；我想着婴孩儿的耶稣基督，那个羞怯和温顺的小婴儿；我默念着一月、二月、三月、四月……我信仰上帝，万能的天父，天地的创造者，a代表苹果，b代表球，c代表猫……圣经以斯帖记，以斯帖你知道吗？是的，你知道。总之，夜深人静，许多年前的记忆就都出来了，我们学过的、了解的，所有那些陈年旧事全都在我们的脑海里转呀转呀转……"

她微笑着，触摸我的额头。

"不像现在的脑子，随想随发生，思维就是事件。你不会沉迷于回忆的。"

她松了一下系在脖子上的丝巾，我小口呷着好立克杯里的茶，杰克用他破旧的袖口抹擦自己的红嘴唇。

"我们那时有个朋友，叫马克斯先生，他是个好人，他从不滥用自己的手杖，至少这一点他和那时的大多数人不一样。他只是用它在他的书桌上打拍子，用它打几下迟到者、交头接耳者和吃吃窃笑者。但对那些单纯迟钝者他从不打一下，他从没打过一下杰克·洛。

"小子，你知道你的教义问答手册吧？你肯定知道。里面的教义问答如重锤敲击，仍回荡在我们的脑际。是谁创造了你？主为什么要创造你？主以谁的形象创造了你？这些你当然知道。它们都是容易的问题，是初期的问题。你知道别的问题吗，那些在书中较为深层的问题？比如耶稣基督主要受了什么苦？什么是希望？我们怎么才能说明，天使和圣徒清楚世间发生的事情？我们有几条途径、多少方法能造成别人的罪，并分享别人之罪的罪恶感？我们为什么……凡此种种不一而足。你别担心，用不着回答我，别费劲巴拉地去想答案。随它们怎么问好了。每天早上，从九点到九点半，我们都有教义问答的时间：马克斯先生每唱出一个问题，约半百教徒便把答案唱回去给他。我们每一个都有这本小册子，装在衣袋里带回家，是他们给我们的唯一的书。我们在学校学习它，在家里学习它，直到背得滚瓜烂熟，以后无论你怎样努力尝试，都不可能把它忘掉。除非你是杰克·洛，其他人也像杰克·洛。

"我们有一个女校长，叫斯洛安妮小姐。记得吧，以斯帖？她不像现在你见到的那些女校长，个个漂亮，大长腿，又聪明。她可是粗得不一般，每当她走进马克斯先生的房间时，我们都觉得那个门框走过来了。不但粗，她还一身腱子肉，硬得像大磨盘。穿着乱糟糟的斜纹软呢服，绷着你不想看第二眼的脸。可你越是不想看，它就越是一再出现在你的噩梦中。记得吗，那个以斯帖？以斯帖·康罗伊，是谁创造了你？卡莫尔·布赖特，主为什么创造了你？杰克·洛，主以谁的形象创造了你？"

她往茶壶里续了一些热水，往她自己和我奶奶的茶杯里续了一些茶。杰克·洛低头盯着自己的好立克杯里的香甜饮料。

"杰克曾是个漂亮、精瘦的小男孩儿，眼睛像茶托那么大，身子骨像树杈儿那么细。那时他住在卡里索大街，就在校门外面。他爸爸在泰恩河上干活儿，把运煤卡车上的煤扛到运煤船上去。他妈妈接洗衣服的活儿，还削手杖拿到街上去卖，也在自家窗口卖糖果、大麦面包卷、甘草根、肉桂枝什么的。你知道这些东西吧？所有的小孩儿都往那儿跑，专冲着那些光鲜亮丽的零食去。几个姐妹和杰克坐在一起，帮助他。杰克，是谁创造了你？杰克，主为什么创造你？姐妹们充满爱心，紧紧拥抱着她们的小弟弟。杰克，主以谁的形象创造了你？不知道也没关系，杰克。你知道是主创造了你就行了。你知道上帝创造了你，是为了让你了解他、热爱他，并且在现世伺奉他，以及在来世永远幸福地和他待在一起。只要你明白这一点，还有什么可烦恼的呢？也许他们告诉过他，说主是以他自己的形象和容貌创造了你，杰克，可他们这样做只是为了安慰他而已。他们都清楚他绝不会记住两个以上的。"

她停顿了一下，微笑着。

"你在观察杰克。你在纳闷他是不是在听，他是否听明白了。你在像你奶奶那样纳闷，这样做是不是在伤害杰克。谁能搞清楚呢？你问他，他也回答不了。信仰就是这个样子，逼着一些人酗酒，驱使另一些人沉默。你可以把钉子钉进那个人的手里，却绝不会得到一声哀号。但明摆着的是：无论是过去还是现在，都总是有人爱着他。"

她听任自己的嗓门越来越高。

"仍有许多活着的人爱着杰克·洛。"

他脸上的表情没有可见的变化，他举起杯子饮着，他用破烂的袖口抹着嘴巴。

"星期五既是最好的日子，也是最坏的日子。听讲故事的日子。以前非常喜欢这个日子，因为可以听马克斯先生讲圣经故事。什么诺亚方舟，什么约拿在鲸鱼肚子里，还有小大卫，毛茸茸的以扫以及亚伯拉罕和以撒登山。我还特别喜欢写它们，可不是你们现在凭想象跟梦幻胡写八写的那种圣经故事，而是我们把圣经里的词句抄录在石板上的那种书写。我们抄写在石板上的笔迹引来马克斯先生的厉声责骂，并让我们重新抄写。耶稣在水面上行走，耶稣把水变成了酒。耶稣周游他的世界，随走随行医，垂怜世人，治疗病患。对，所有那些感人的故事。其中包含所有那些斯洛安妮小姐不久就要考我们的圣经知识。谁创造了你？为什么上帝创造了你？斯洛安妮小姐像座小山似的站在我们面前，手指朝下，指着全班前面的一排因为不知道而吓得面色如土的脸。他们怎么可能不知道呢？我原先怎么也闹不明白这个，直到我发现我自己也站在了全班前面，伸出了一只手,我前面站着斯洛安妮小姐,她手里拿着马克斯先生的手杖。恐惧把我们所有人都吓成了傻瓜。你发现了吧?"

她摇摇头。

"别回答我,把这个问题从你脑瓜里去掉。他还在那儿吗?一言不发的杰克还和咱们在一起吗?"

我点点头。他已经喝完了饮料,低头盯着自己互相紧握的双手。我又把身子朝我奶奶依偎过去,感觉到她挪挪地方以便容纳我。

"基本上每个星期五,杰克都在那儿,这是理所当然。杰克比其他任何人都积极地去那儿。她告诉他,你把耶稣基督都感动哭了。你让他的圣母玛利亚都拧着双手以示对你的敬畏。杰克·洛,你要去哪儿终结自己呢?这就是他已学会回答的那个问题。去地狱,斯洛安妮小姐。没错,去地狱,她说,然后就更厉害地抽打他。

"那是些贫穷、拮据的日子,穷得你现在都不敢相信,遍地都是衣衫褴褛的穷人。只有最幸运的小孩才穿皮靴、穿棉衣。像杰克·洛这样的孩子来上学,穿的都是破洞满身、补丁摞补丁的衣服,有时还什么都不穿,只在脚上包一块粗麻布。冬天来的时候,马克斯先生就把教室的火炉烧旺,确保那些有冻伤危险的学生烤到火。马克斯先生是个好人,但也是个脆弱的人。当斯洛安妮小姐在那个星期五眼露凶光进来的时候,他本该站在我们面前保护我们的,可他没有,而是当了缩头乌龟,任由她大发淫威。

"杰克·洛当时离火炉最近,她挥起手杖打在他的石板上,练习审判日。杰克·洛,行不行?杰克·洛,回答我,主以谁的形象创造了你?他的嘴巴翕动着说不出话来,咧开了却不出声,光出气。她又一手杖杵在石板上,把这个问题又问了一遍。我知道,小姐,这时杰克的一个姐妹从教室的后面发话了。我也知道,另一个姐妹也发话了。斯洛安妮小姐怒视着她们,吓得她俩不敢吱声了。全班一片死寂。

"外面是数九隆冬,院子成了冰的世界。初雪硬得像石头,还带着滑面和陷阱。现在又下起了第二场雪,鹅毛般飞旋翻卷,经过窗前,落在结冰的地面上。她站在窗前凝视着飘雪。她把杰克·洛叫过来,把一本圣经教义问答手册放在他手里。你最终总要了解答案的,杰克·洛。你到院子里去,站在院子中央我能看到你的地方,拿着这本书,朗读它直到你记住为止。马克斯先生气喘吁吁。他在那儿,手里拿着一件衣服,也不知道是谁的衣服。她闭上眼睛,摇着头。不了,谢谢你,马克斯先生,没必要操那心。杰克·洛,你走吧。于是他出去了,穿着他的破衣烂衫,脚上裹着他的麻袋片,头也没回地走了。

"小姐,请你……噢,斯洛安妮小姐,请你别……几个姐妹哭着哀求,其他女孩儿也哭着哀求。孩子们朝着窗外抻长脖子,都想看到外面的情况。别说话!她尖叫。别动窝儿!她站在窗前朝外看。她叹了口气,转过身来面向我们。我们现在让你遭受的这点小痛苦将使你警醒,从而免除你下地狱受一辈子的苦。卡莫尔·布赖特,是谁创造了你?以斯帖·康罗伊,主为什么创造了你?当她问够了并且用手杖杵够了之后,她便转向马克斯先生。一个小时应该够了,马克斯先生。一个小时后把他带进来,咱们再试一次。说完她离开了我们。

"我们冲向窗户,谁也拦不住我们。只见他站在院子中央浑身哆嗦,周围积雪很厚,漫天大雪飘飘。先生,请原谅他吧!马克斯先生,请宽恕他吧!噢,马克斯先生,他太虚弱了,浑身在颤抖。见到我们在看他,小杰克开始在院子里跑步,在雪地上,冒着漫天大雪,手里拿着圣经教义问答手册,跑了一圈又一圈。让他进来吧,我们小声说。马克斯先生,请你原谅他吧。难道现在不能让他进来吗?难道就没人挺身而出,不管老师说什么干什么,跑到外面把他拉进来吗?难道他的兄弟们就不能揭竿而起,把他救回来吗?难道他的姐妹们就知道站在那儿哭,只会哀求'马克斯先生,请你饶了他'吗?也许不是,可现在回想起来,就发现,我们那时看到的东西全都和我们被告知要相信的东西混在一起了。我们明知是错误的东西,全都和我们被告知是正确的东西,混在一起了。我们从窗户往下看,我们眼见、心知的只有小杰克·洛在冰天雪地里奔跑,为了逃避熊熊的地狱之火。

"总算熬到头了,也许这一小时根本就没用完。马克斯先生出去了,他把杰克·洛带回来。手都冻紫了,脸冻得死灰,冰水混着汗水从他额上流下来。我们用我们的大衣把他裹住,在火炉旁搂住他,并且抱成一团哭啊哭啊。然后斯洛安妮小姐又出现了,像座铁塔似的隆起在过道里。怎么样啦?她问道。杰克·洛,你学会了吗?主是以谁的形象创造你的?我们聚拢在他的周围,我们从没这么虔诚地为他祈祷。她又问了一遍。他的嘴巴动来动去,却听不到一个音出来。没有一声打嗝儿,没有一声嗳气。什么都没有,鸦雀无声。

"她伸手去够手杖,你能想象她伸手去够手杖的样子吗?可是马克斯先生紧握着它。五十双眼睛终于敢瞪着她了。我们本来会动手的,对不对?我们本来会由着性子把她撕成碎片的,对不对?这可真说不准。见我们怒视着她,她移开目光,傲视我们上方。她嘟哝道,如果你们不能流利地说出答案,看我怎么收拾你们。然后她就走了。"

卡莫尔用一只手握住茶壶,摸它热不热。她把剩下的开水续进去。杰克·洛抬起头,目光透过玻璃杯盯着我,可他的眼神里没有任何东西,彻底的茫然和虚空。

"什么都没有做。一个帅小伙儿一言不发,就愣是拿他没办法。没有当妈的冲进教室尖声嘶叫,没有做爸的跑过来踹门。但是要知道:杰克·洛可是来自于一个充满爱的大家庭。他妈他爸,他一大帮兄弟姐妹,一年到头都抱团取暖、相互扶持。可是当一个女校长、教会、宗教信仰、惧怕地狱等等因素掺和进来之后……他们就成了一群白痴,进入蒙昧时代,过着可怜、无知的日子。"

我感觉到我奶奶的呼吸吹到我的脸上,她在深深叹气。

"一年年过去,我们长大了。杰克·洛在我们中间也默默地长大了。斯洛安妮小姐再也不问他任何问题了,马克斯先生在教室里关照他,他的姐妹们在家里照顾他。曾有过一派主张,认为他的沉默和他甜美的神情也许是一颗伟大灵魂的表象,于是人们把他送去基督教兄弟会当了一阵子童仆。可没过多久兄弟会就把他打发回家了,说他除了心不在焉、脑子空空、毫无灵气之外,看不出有什么优点。同时我们却不断成长,逐渐远离了马克斯先生和斯洛安妮小姐,还有那个五十人诵经(唱诗)班的聒噪。杰克的兄弟们先后离开,他的姐妹们都嫁人了,他的父母相继去世,再也没有人管着杰克·洛了。"

她把剩茶水倒进她自己和我奶奶的杯子。我舔着杯沿儿,品尝着那儿茶垢的香味。

"再也没人管教他了?"我问。

"再也没人了。随着他长大,他的坏习性又都回来了。他的姐妹们也提出过把他接走看管起来,可他却越来越多地离家出走。你也看见了,他成天在大街小巷里闲逛。你也见到了,他风餐露宿,在公交车站和公园里过夜。你也见到了,不管刮风下雨,他都出去流浪,穿着破衣烂衫,一声不吱,就这么走着、跑着,在他自己的世界里游逛。"

她听见他在动弹,站起身来,把背包拿起来挎在自己的肩上。

"还是有很多仍然活着的人喜欢杰克·洛。"她说。

"没错,"我奶奶说,"还是有好多人喜欢杰克·洛。"

我靠在她身上。

杰克空虚无神的目光越过我们盯向不知什么地方,然后他出门,走上了街道。

卡莫尔拿起茶壶盖,低头往空茶壶里看了看,叹了口气。

"他还在到处跑,好让自己不掉进地狱。"她说。

她轻轻拍打我的手背。

"现在不会有这样的事了,现在不会有了。在如今启蒙与信仰丧失的时代,不会有了。"

水牛、骆驼、美洲鸵、斑马、驴

在蓝色大帐篷的篷顶上,描绘着金黄色的黄道十二宫图。在幕间休息时,我们凝望上方,柯林给我们所有人指出,我们分别属于哪个星座。那些象征符号全部褪色并开始剥落,而且一点也不比下方的那个圆形马戏场里的锯末更亮堂。刚才在空中,一个荡秋千的女孩儿穿梭、回旋在灯光之间,她身上穿的亮晶晶的衣服不停闪烁,一直是空中的最亮点。现在她来到我们面前,身上穿着一件紧身的橡胶皮衣,脚踏落上灰尘的皮靴,腰间平衡着一个托盘,苦笑着向我们兜售果仁和巧克力棒等零食。

玛格丽特捅捅我的肋间。

"柯林是头狮子,"她说,"凯瑟琳是只山羊。你是一头很丑的公牛。"

"我知道,"我说,"怪不得这里有一股恶臭的味道。"

"不过你千万别信它,"柯林说,"它不过是异教徒的把戏而已。"

他又把钱包掏出来,朝那女孩儿走去,给我们几个买巧克力。

"他们在星辰里看到了动物和诸神,"我说,"他们认为星星会显示给他们将要发生的事情,以及他们的应对之策。"

"可是我们不信那个。"玛丽说。

"上帝赋予我们自由意志,我们自由选择该怎么办。我们自由决定当好人还是当坏人。"

我们边吃巧克力边等着幕间休息结束。我想象着那个姑娘飞越大帐篷的顶部空间，直冲着我伸出双臂的怀抱扑过来。玛丽问，在只有她一个的情况下，她怎么可能是双胞胎呢？玛格丽特说，她愿意当那条鱼，游在深深的大海里，与海豹和海豚为伴。凯瑟琳说，最好当那个运水工，帮助疲惫、口渴的旅行者；可那只是梦想，你只能干你命中注定的那份工作。

这时小丑们上场了，把一桶桶的碎纸屑朝我们抛撒。他们还把那个荡秋千的女孩儿"锯成两半"，并且假装忘记怎么再把她拼接起来。后来她和其他几个女孩儿回来了，她们全都站在马背上，马绕着环形马戏场狂奔。来自俄罗斯的男子们穿着紧身汗衫和紧身裤，在银色的长杆上头顶头相互平衡。在宣传广告上明明写着有大象和老虎，可在实际演出中两者都没有出现。临到演出快结束时，乐队总算开奏，鼓乐喧天，各种动物登场，给孩子们最后来一次惊喜跟娱乐。有一头小水牛，一只骆驼，一只美洲驼，一匹斑马和一头驴。它们迈着碎步兜圈子。一个俄罗斯人站在场地中央，冲着它们挥舞长鞭。这样的编排可真奇妙，动物们都是训练有素、各有千秋：水牛犄角硕大无朋，一身腱子肉；风尘仆仆的骆驼打着响鼻，驼峰歪斜摇摆，四条腿细瘦难看；美洲驼雍容优雅，脖颈笔挺，两眼警惕有神；斑马跑动轻盈，身上的条纹像是人造的，很不自然；毛驴则是一副寒酸相，眼中似汪汪含泪。它们引来观众的赞赏，还有轻轻的叹息，当然还有一点嘲弄的讪笑。

演出结束了，我们随人群从大帐篷里鱼贯而出。在过道里，我们又看到那个荡秋千的女孩儿穿着她的橡胶紧身衣在叫卖猴子模型玩具,只见它们爬上一架梯子的梯顶,又屁滚尿流地跌落、再攀上、再跌落,循环往复。

"怎么不见老虎啊?"玛格丽特问,"老虎在哪儿?大象在哪儿?"

女孩儿扭脸冲着我们苦笑。

"它们全都状况不好,"她说,"状况很不好。"

她耸着肩膀。

"给她们买个猴子吧。"她对柯林说。可是柯林摇摇头,我们转身离开,走进外面的空地。

"毕竟只是个小马戏团。"柯林说。

"驴、水牛、骆驼、美洲鸵、斑马,"玛丽说,"按字母表顺序这样排列。"

我们低头琢磨是不是这样。

"那大象应该插在那儿呀?"凯瑟琳问。

"大象太沉啦,"玛丽说,"会把别的动物压扁的。"

"我说的是按字母顺序,傻瓜。"

"当然是插在骆驼和美洲鸵之间啦,然后老虎在美洲鸵后面出现,把它们全吃掉。"

"那你们三个摆哪儿?"玛格丽特问,"山羊,狮子和丑公牛。"

于是我们一通忙活,计算出结果,告诉对方。我们按字母表顺序又排列出一些动物:豪猪、犀牛、蜘蛛、鼹鼠……我们为每个字母命名了一种动物,最后拼凑成一幅动物字母表。

在我们头顶上，群星开始显现。

"给动物起名字的是上帝吗？"玛丽问。

没人回答。

"当他创造它们的时候，他肯定说过这一只叫什么，那一只叫什么。"

还是没人回答。

"我们使用的动物名称，与上帝使用的动物名称，是一致的吗？他称呼斑马为斑马、骆驼为骆驼吗？"

"我们哪能知道呢？"凯瑟琳说，"我们根本就无从知道。"

我们向前走去，离大帐篷越来越远，上了附近的公路，这儿有公交车站。等待乘车的人已经排起了长队。

玛丽把手指举过眉梢，装扮水牛。玛格丽特低头拱肩发呼噜呼噜声，装扮骆驼。她俩颠着小碎步，走在我们前面。

这时候传来一个女人的声音："是谁允许她们这样干的？"

我们站下环顾，见玛丽安·麦克纳博拉的母亲站在我们身后。玛丽安穿着紧身蓝褂子，手里攥着一只吊儿郎当的玩具猴子，挨着她妈。

"你们难道不知道吗，主赋予我们永恒的灵魂，把我们同其他所有造物分离开来，让我们从它们中间脱颖而出？"麦克纳博拉太太说。

玛丽和玛格丽特停下了她们的出洋相，转过身来。

"这你们都清楚吧？"

我们全都点头。

"既然如此,你们怎能不知道降低人格模仿动物是对主的侮辱呢?"

我们都不吱声。

"你是负责这些孩子的,"她对柯林说,"你必须防止她们误入歧途。"

柯林低头不语,点燃了一根香烟。

玛丽安从她妈身后探出头来,睁大眼睛瞅着我们几个。

我看得出,玛丽和玛格丽特使劲忍住不笑出声来。

"你们都想再见到你们的爸爸,对不对?"麦克纳博拉太太问。

玛丽和玛格丽特回到我们身边。我们一起面对着这个女人,还有马戏场的灯光,以及越来越少的、走近并经过我们的人群。

"想想这个问题吧。"她说。

我想过这个问题,我想过人家提醒过我的所有问题。关于我们的老爸,别人是这样告诉我们的:他的痛苦终于结束了;他上了天堂了,并在那里等着我们。我想念他,每天夜里都为他祈祷,就像别人告诉我的那样,即便我时时感到我的信仰正在弃我而去。

麦克纳博拉太太举起她的一根手指头。

"他将一直注视着你们,"她说,"考虑一下你们灵魂的永恒问题吧。"

说完,她摇着头走开了,拽着她的女儿朝公路走去。

"猪。"玛格丽特小声说。

"母牛。"玛丽小声说。

我们捂着嘴咯咯笑着,等着这个女人离开我们足够远。我们仰望天空，搜寻黄道十二宫图里的那些星座。柯林说，自打最早的占星学家观测到什么狮子座、山羊座、金牛座……以来，星座们早就改变位置了。

"你能让自己看到任何东西，"玛丽说，"对不对？"

那些星星就是演出服上的亮晶晶的小饰物，那个荡秋千的女孩儿就是在黑暗中播撒星光的播星者。

"我们还会回去看吗？"玛格丽特问。

柯林摇摇头。不会啦，那个马戏团是流动演出的。

我们朝着公路继续前进，走过尘埃遍地的苍茫土地。

"爸爸现在能看见我们吗？"玛格丽特问。

能看见，我们全都让她放心。

我们穿过栏杆，站在街灯下那些排队的人的末尾。在我们后面，那个蓝色大帐篷的顶端融进了夜空。

"如果我们把斑马说成骆驼的话，会发生什么呢？"玛丽说。

我们大笑起来，开始把那些动物叫成其他的动物。

"马叫什么？"玛丽说。

"叫狗。"凯瑟琳说。

"不对，叫鹅。"

"住口，米歇尔。"我对玛丽说。

"对不起，西蒙。"她回答我说。

一辆公交车开过来了，这一溜队的头一半上去了。麦克纳博拉太太透过车窗严肃地注视着我们，玛丽安轻轻摆弄着她的玩具猴子。

玛格丽特仰起脸来看着夜空，然后合上眼睛。凯瑟琳用胳膊搂住她的肩膀。

"能，他能看见咱们，"她啜嚅着，"能。能。"

不久，又过来一辆公交车，我们全都上去了。

凯瑟琳、柯林、玛格丽特、玛丽和我。

这儿是你长翅膀的地方

在芭芭拉夭亡后很长一段时间，妈妈都习惯做一个动作：伸手握住我的双肩，把我拉向她，亲吻我，手指头伸进我的衣服，抚摸我的肩胛骨。

"你也和芭芭拉一样，"她总会这样啜嚅着，"也和芭芭拉一样。这里是你本该长翅膀的地方，可是你在出生时把它们忘在脑后了。不过不碍事，总有一天，你会把它们找回来的。"

芭芭拉是个天使，是早早就被上帝带走的人之一。她过于善良，过于纯洁，乃至不能在地球上存留太久。于是她便夭折了，直接升入了主的怀抱。

昏夜沉沉，我尝试去想象她在天上的情景。我躺在床上，闭着眼睛，试图梦到她。我告诫自己，如果我果真见到了她，就说明我没有在做梦，就说明这是真的。我轻语着她的名字："芭芭拉，芭芭拉，小妹妹，小天使。让我再次见到你吧。"可是没有出现奇迹。无论闭上还是睁开眼睛，我所能看到的一切全是漆黑，一片漆黑。

随着我渐渐长大，我能感觉到美好正离开我的时候，我就开始尝试给芭芭拉祈祷，可是我的祷辞好像老是不着调，说了半天还是没给我带来慰藉。我也常常摸自己的肩胛骨，幻想着那断头处长出了一双翅膀，幻想着上面齐刷刷排列着羽毛，幻想着那些天使特有的骨骼和肌肉。可是我的手指头只摸到了我的皮肤、我的肌肉、我的骨头，分明只是一副人类的形体，再没别的什么。我搜索自己的记忆，尝试记起我自己在那儿的情景，这样我便能使出更大的气力返回。我后撤，退缩，一退到底，记忆却一再延伸，试着去想象自己缩进我母亲体内的样子，并且去想象自己在那之前——在我母亲肚子里成形之前——的样子。可是，退至我两三岁时的情形——肯定是在芭芭拉出生之前——我就怎么也记不起来了。我最早的记忆没有丝毫值得一提的，只是我坐在一辆折叠式的婴儿车里，朝上盯着我妈妈和她旁边的我爸爸。我想我们当时刚刚穿过园门，来到花园里。我爸爸妈妈好高、好黑，映衬着他们身后的骄阳。我眼见妈妈俯身向我，灿烂地微笑。"瞧他这样儿。"她说。接着我听到他们亲切的笑声。"你好吗，我的小天使？"她问。我感到她在轻轻触摸我的脸蛋儿。她把我唤作天使，这是我记忆中最早听到的话语。

在那之前，我就好像不存在似的。尝试倒退，只是为了强调我的前进。我渐渐长大了，作为一个渐渐长大的男孩儿，我感觉自己越来越朝着一片可怕的昏暗走去。

我躺在床上，我父母睡在隔壁房间里，我感觉到做梦的时刻一点点迫近，便试着想象芭芭拉的情形，却想象不出来——这样的时刻可真难受。我拿这些梦似乎毫无办法，无可奈何。我不想要它们，我不鼓励它们出现，我甚至用不着非想象它们不可。它们只是在夜里析出我的脑壳而已。它们夜复一夜、夜复一夜地朝我走来。

我把这些梦向人坦白了。在教堂里，我跪在屏风面前，向奥马霍尼神父坦白了梦的内容。他是位老先生了，操着温柔的爱尔兰口音，这种口音好像永远不会批评任何人。我知道他肯定是事先听说了一切，可我还是想把他惹怒，想让他冲我大喊大叫，想让他警告我要对我施以重罚。可他就是不发脾气，像温吞水一般，只是听我倾诉，并小声絮叨着：

"啊……嗯嗯……是的……喔，天哪！……好的……"

然后他就宽恕了我，告诉我向主祈祷要纯洁，摒除邪念，改邪归正。他为我举行忏悔式，什么圣父圣子，圣母玛利亚，喜神贝斯，等等。这也未免太轻松了吧。就在我跪在圣坛栏杆前忏悔的同时，我就清楚自己还会再犯的。我很想在情况变得更坏之前，受到应得的惩处。

这些梦，自不用说，肯定是有关女人和姑娘。只要是一个女人或姑娘，在白天入了我的法眼，夜里就会出现在我的梦中。

为了努力驱除这些坏梦，也为了完成奥马霍尼神父交待我做的忏悔，我便在许多这样的夜里回忆芭芭拉离世那天的情形。那是个晚冬的日子，一个晴空万里的早上，阳光洒进我的窗户，屋外百鸟争鸣，屋内静悄悄的。天还早，早上七点。展现在我眼前的这新的一天，尚未起步，尚未使用，充满希望和憧憬。然后，它动起来了，妈妈起床了，随后便传来她撕心裂肺的哭喊。我们可怜的小妹妹再也不醒来了，再也不能醒来了，她已经走进了主的怀抱。我们的母亲使劲追赶她，在她后面喊她，乞求她别走，紧紧怀抱着她，绝不放弃她。柯林、凯瑟琳和我聚在周围，完全无用。整整一个上午在祈祷、抗议和哀恸中度过，直到寂静和黑暗（虽然外面阳光灿烂）再次笼罩。医生赶来确认了我们小妹的死亡，奥马霍尼神父赶来为她做了圣事。我们摇摇晃晃地从这个角落走到那个角落，妈妈让我们和爸爸扑进她的怀抱，我们哭成一团，怀抱着我们去世已久的小妹冰冷的遗体，感到那么无助和绝望。

梦境也是有变化的。有一天夜里，我的头脑里充斥着某种扑哒扑哒扇翅膀的声音。我扭头看见一只天使在黑暗中降临。她朝我走来，与其说走，不如说是飘然而至。她只穿着一身白衣，但浑身蹿火，她的翅膀在她身后举起老高，上面长满纯白的羽毛，就像鸽子的羽毛那样。透过那一层流火，我能看到她的身体，状如任何女人，但比任何女人都美。她一言不发来到我身边，我感到她的火覆盖我全身，窜进我体内。我躺在床上瞠目结舌，瞅着她的双翼在我们上空轻柔地扇动，在黑夜的映衬下，雪白纯洁。

我跟奥马霍尼神父讲了这个梦。他静静地听了，然后他的声音里透出了焦虑。

"这是魔鬼的伎俩，"他说，"它们会装扮成最美好的形象出现。你要抵御它们，坚决抗住它们的诱惑。"

于是我默诵我的忏悔经。可是我已经走得太远了，积重难返。我清楚我的天使会再来的，她会再次惊艳现身，呈现出我所见过的最佳风采。一连几夜，她都翩然而至，把我揽进她的火翼（火衣），而我也欢迎她的光临，纵情拥抱她，虽然明知她要把我引入地狱。

一天夜里，在我和她在一起几小时之后，她的双翼开始更快地扇动，我感觉自己正被她托起。我紧紧抓住她，凝视着她那完美的姣容，我俩开始穿过温柔的夜风飞翔。她始终向下看着我，微笑着安抚我，让我放心。我俩飞翔了很久，直到夜色褪去，东方露出了鱼肚白。我俩飞进了一片绯红的拂晓，它又逐渐变白，最后天色全白、淡化、融合、吸收了她的火色，让我不能再看到她的身影，只能通过感觉我紧紧地搂着她，以及她翅翼有节奏地持续扇动，来感知她仍在我的近旁。我不住地东瞅瞅西望望，想确定我们到底在哪儿，可是满目所见皆是烈焰流火，奔腾翻滚，永不熄灭。

我在乱作一团的床上醒来。窗上结满了霜冻，外面下雪了。我把两眼紧闭，想再见到天使，可是我已然醒来，好梦一去不复来。窗外是普通的又一天，天光云色；她一去不返了。

这个梦我没有忏悔，我说服自己它只是个梦而已，和学好学坏没有一点关系。我只把我的旧梦及其中的女人和姑娘跟神父坦白交代了。奥马霍尼神父回应道："记住吧，肉体也是主的圣殿，我们每个人都永远在主的意念的掌控之中。"

等到下次做梦时，它是这样开始的：下雪了，成千上万的雪花从夜空里飘落，每片雪花都是一朵白炽闪亮的小火焰。接着，我看到了好多双翅膀，每双翅膀下都有一个人体，每个人体都是一个女人的人体，但比任何普通的女人人体都美丽得多。原来是整整一队天使降落在我的夜世界里。

我已认识的那个天使最先来到我的面前。然后是其他天使接踵而来与她会合，直到降落下来一千位天使和我在一起。无论我朝哪儿奔逃，迎接我的都是她们白炽的烈焰，她们姣好的容颜，她们迷人的胴体，她们扑哒的翅膀。

我们所有人——我和天使们——一起出发了，乘风破夜，浩浩荡荡，燃着烈焰的一大群，以我为中心，展翅飞翔。然后，我们又进入了那片绯红的黎明，进入了那个朗朗的白天。这时，天使们开始渐次在我眼前隐遁、消失,只剩下我一个孤零零地在那朗朗晴空里丢人现眼。我发疯似的挥舞双臂,扑腾翅膀,撕扯头发,抓脸挠腮,直至有人抓住我的手,是那个天使把我拉到她的身旁,用胳膊搂住我的肩膀。

"别担心,"她小声说,从她说话的声调我能判断出她在微笑,"有个人想要见你呢。"她抓住我的双手,把它们朝着明亮处伸出。我的指尖触摸到了皮肤、头发、眼睛、一张柔嫩的脸。我感觉到那张嘴唇张开了,还感觉到对方的鼻息绽放成笑声。

"芭芭拉,"我喘息道,"芭芭拉。"

我手朝下伸,把她托起。我感到她后背上,她自己的小翅膀在噗啦噗啦快速扇动。她双臂搂住我的脖子,亲吻我,叫我的名字。

"噢,芭芭拉。"我动情地说。

我想要说的太多了,我想要哭诉的太多了。可那一刻我什么都说不出来。我只能抱紧她,感觉她的快乐和她的纤小,感觉她的生命在她体内继续燃烧和闪光。

"你看到啦?"她说,她的声音里充满着喜悦,"你瞧,我很好,一切都好。"

然后,她突然消失了,隐入了强光,我知道想要跟上她没门儿。

"你看到了吧?"那个天使耳语道,"你看到了吧?"

"可是,怎么会……"我说,"怎么一下子就?"

她竖起一根手指压住我的嘴唇。

"跟我来,"她说,"但是别说话。"

我俩向前进,炽白的火焰燃烧得更猛烈、更明亮,晃得我立刻闭上眼睛。等我俩停下后,她小声说:"你听。"

我什么也没听到,除了我自己的呼吸声和我自己的心跳声。

"再听。"

我正要问我该听什么的时候,我听到了。在烈焰深处,还有一个人在呼吸。深长的呼吸,一呼,一吸……充满了低声呻吟、轻柔的咯咯声和类似吹口哨的声音。

"听到了吗?"

"听到了。"

她把我扭过身去,我俩往回走,回到我能再睁开眼睛的地方。

"那是什么东西?"我问。

"那是天主,在熟睡。他很快就要醒来,你抓牢我。"

我俩往回飞,穿过粉红区域,穿过黑色区域,最后回到我黑乎乎的房间,休息。她咯咯笑着,就像芭芭拉生前笑的那样,然后她给了我一个熊抱,准备离开了。

"你别走。"我说。

"很快所有人都要醒来啦。"她说。

"那我什么时候才能再回来?"我问。

她摸摸我的脸蛋儿,笑了笑,摇了摇头。

"总有一天,"她说,"当你又长上你的翅膀的时候。"

这是她最后一次和我在一起,刚才一直没有烧起来的那团白炽的火现在又蹿燃起来,覆盖我全身,钻进我心里,让我体验到了当天使是什么感觉。然后她就走了,消隐为一片雪花,融入漆黑的夜……

那天,妈妈又把她经常做的事做了一遍。她伸出两臂抓住我的肩头,把我拉向她的胸前,然后亲吻我。

"今天早上,你是那颗明亮的星星。"她说。

我笑了。

我听任她把十指伸进我的脖领,触摸我的肩胛骨。

"我长过翅膀的那个地方,"我说,"会再长出翅膀的。"

她紧紧搂住了我。

"没错,"她说,"就算你很快就长大成熟,你也得始终抱定这个信念。"

我也伸出手去,第一次伸进她的衣领,去触摸她的肩胛骨。

"你也一样。"我对她说。

"对,我也一样。我们全家都一样。芭芭拉、你、我,我们全家,每一个人。"

之后,我俩沉默,有一阵甚至感觉那股火就在我们体内燃烧。这时爸爸进来了,我俩一见便咯咯笑起来,一起想象着雪白羽毛从他毛茸茸的后背上长出来的样子,还有两根翅膀在他的光头后面竖起来的样子。

这是我有生以来第一次主动问奥马霍尼神父一个问题,也是他第一次对我发脾气。

"如果说,我们在主的思维中是这个样子的话,"我说,"那么在他的梦幻中,我们又是什么样子的呢?"

·数星星·

　　这一次,他竟然用手猛击隔开我俩的那层薄屏风,大声说我这是在亵渎天主,并要我回去读五十遍玫瑰经。我自然是没有遵命。我知道天主也要睡觉,知道即使是天使也不全都是好人。我知道总有一天我会重新长出翅膀,也知道梦幻只不过是梦幻。